脚本・三浦駿斗
ノベライズ・百瀬しのぶ

99.9
—刑事専門弁護士—
完全新作SP 新たな出会い篇

JN118179

扶桑社文庫
0750

MADARAME LAW FIRM

斑目法律事務所

本書はTBS系ドラマ『99.9―刑事専門弁護士― 完全新作SP 新たな出会い篇
〜映画公開前夜祭〜』のシナリオをもとに小説化したものです。
小説化にあたり、内容には若干の変更と創作が加えられておりますことをご了承ください。
なお、この物語はフィクションです。実在の人物・団体とは関係ありません。

日本の刑事裁判における有罪率は九十九・九％。
いったん起訴されたら、真相はどうあれ、ほぼ有罪が確定してしまう。
このドラマは、そうした絶対的不利な条件のなか、
残りの〇・一％に隠された事実にたどり着くために、
難事件に挑む弁護士たちの物語である。

1

某月某日、都内の高級ホテルのパーティー会場には、上場企業の社長ら錚々《そうそう》たる顔ぶれが集合していた。スーツ姿の面々が賑わうなか、壇上には、満面に笑みをたたえた佐《さ》田篤弘《だあつひろ》の姿があった。

「本日はお忙しいなか、駆けつけていただいたみなさまには最大限の感謝の気持ちを持って、経営だけでなく、一人の弁護士としても躍進し続けることをお約束いたします」

『佐田篤弘　マネージングパートナー就任パーティー』と書かれた看板を背に佐田が挨拶をすると、いっせいに拍手が沸き起こった。

佐田は、もともとは東京地方検察庁の検事だった。

いわゆるヤメ検弁護士となり、斑目《まだらめ》法律事務所では法務部企業法務ルームの室長を務めていた。だが、数年前、突然何を思ったか所長だった斑目春彦《まだらめはるひこ》が「刑事事件専門ルーム」を立ち上げるにあたり、室長に任命された。

だが、佐田は金にならない刑事事件には興味がない。室長になるのは気が乗らなかった。そのうえ、斑目は、刑事事件のみを取り扱う深山大翔《みやまひろと》という弁護士をスカウトしてきた。この男は佐田に敬意を払うこともなく、とんでもなくマイペースで、常にペースを乱されっぱなしだった。

依頼人の利益を優先する佐田と、とことん「事実」を追い求める深山のやり方は水と油だった。だが、共に仕事をするうちに冤罪や汚名を心底憎む深山のやり方に魅せられ、感心……ときには感動すらすることもしばしばだった。


とはいえ、斑目からは刑事事件を担当するのは一年間といわれていたので、その後、佐田は再び民事専門に戻っていた。だが佐田が探してきた後任の室長は定着しなかった。深山に振り回されるせいだ。そこで斑目は、佐田に再び刑事事件専門ルームの室長を頼みたいと言ってきた。定着できる後任を見つけたらマネージングパートナーを譲るという。実はこの条件は最初に室長を任されたときに提示されたのだが、なんとなくうやむやにされていた。だが、斑目が再度提示してきたので、佐田は刑事事件専門ルーム室長に復帰した。民事と兼任するのも条件の一つだった。

そしてついに、マネージングパートナーとなる日がやってきたのだ。

「最後に、私には弁護士になって以来、大切にしている二文字があります」

佐田は司会進行役の落合陽平《おちあいようへい》に目で合図を送った。落合は佐田の企業法務関連の部下として働いている弁護士だ。落合が腰をかがめて佐田のもとにやってきて、そっと紙を渡した。裁判の結果を知らせる紙のようにびろーんと開くと、そこには『勝訴』ならぬ『誠意』の筆文字が躍っていた。

「それは、誠意、誠意の二文字です。このたび、斑目法律事務所は新たに生まれ変わりますが、私の誠意が変わることはございません！　事務所の名前をそのまま残すのも、斑目前所長の思いを引き継ぎたいという心からの誠意なのです」

佐田は晴れやかな顔で会場を見回して言い終えたが、なぜか場内の反応が薄い。

「……拍手がありませんね」

佐田が促すと、ようやく場内からまばらな拍手が起こった。

「すごいな佐田先生、また心にもないことだけ言ってるよ……」

会場内にいた藤野宏樹《ふじのひろき》は思わずつぶやいた。

藤野は斑目法律事務所法務部刑事事件専門ルームのパラリーガルで、今の担当弁護士は深山だ。

「本当は『佐田法律事務所』に変えたいのに、たいへんですねー」

隣に立っていた中塚美麗《なかつかみれい》も、壇上で続いている佐田のよどみないスピーチを見つめながら、しみじみうなずいた。中塚もまたパラリーガルで担当弁護士は同じく深山だ。ぽっちゃりしていて、のんびりとしゃべる中塚は、大のプロレスファンで、趣味が高じて新日本プロレスのTシャツやグッズのデザインを任されるようになり、選手たちと打ち合わせをすることもある。

二人とも、佐田がとてつもない上昇志向の持ち主だということはよくわかっている。以前、佐田はタワーマンションの最上階の一つ下の階に住んでいたが、自分の上に人がいるのが気にくわず、最上階が空いた際にすぐに引っ越したほどだ。

そして自己顕示欲の塊でもある。テレビ出演の依頼などは積極的に受け、実にイキイキとこなしている。『斑目法律事務所』を『佐田法律事務所』に変えたいであろうことは、パラリーガルたちもわかっている。

「いきなり変えちゃ、あからさまだもんね」

二人はささやきあっていた。

「どうかみなさま、これからも……今後とも引き続き斑目法律事務所を末永く、よろしくお願いします！」

佐田がスピーチを終えると、先ほどとは打って変わって会場内は拍手に包まれた。その様子に満足げにうなずく佐田を、斑目は会場の片隅で静かに見守っていた。

「ヒロトー！　ヒロトどこー⁉」

そんななか、歌手の加奈子《かなこ》は先ほどからずっとパーティー会場をうろつき、深山の名前を呼びながら、その姿を探していた。加奈子は自称シンガーソングライターだ。「かなこ」名義でCDを出しているがまったく売れなかった。深山の従兄弟が経営している中野区野方の小料理屋『いとこんち』の常連で、店にCDを置いてもらったが、ここでもほとんど買う人はいなかった。だが、ひょんなことから佐田が加奈子の歌にドはまりし、CDをすべて買い取ってくれたうえに加奈子のためにレーベルまで作ってくれた。ちなみに加奈子はずっと深山に片思いしているが、まったく相手にされていない。

＊

加奈子が探していた深山はパーティー会場にはいなかった。接見室を目指し、留置場の薄暗い廊下を歩いていた。

同じ頃、深山が目指している接見室のドアが開いた。

入っていったのは河野穂乃果《こうのほのか》だ。

小柄で、いつも驚いているような大きな瞳の穂乃果は、まだ学生のようにも見えるが、新米弁護士だ。

穂乃果はイスに腰を下ろした。カバンから荷物を出し、準備をしていると、アクリルの仕切り板の向こう側のドアが開く。被告人・大島浩二《おおしまこうじ》が入ってきた。

大島は、まっすぐに穂乃果を見て訴えてきた。

「信じてください、本当に私はやってないんですよ、弁護人さん！」

＊

「ヒロト～、どこなの？」と加奈子はまだうろうろしていた。

一方、演説を終えた佐田が賓客たちに挨拶して回っていると、大柄な人影が近づいてきた。元同僚の志賀誠《しがまこと》だ。

「佐田先生、おめでとう。レッツビギン！　これでようやく私と同じく法律事務所のトップに上り詰めたというわけだ」

志賀は体も大きいが声も大きい。ついでに態度もでかい。

佐田が斑目法律事務所の刑事事件専門ルーム室長になった際に、その後釜に座り、法務部企業法務ルーム室長となった。だが、その後、独立してレッツビギン法律事務所を立ち上げた。

「一緒にするな。ただの個人事務所だろ、おまえらの所はフワフワしやがって」

佐田が言うと、志賀と一緒に来ていた妻、奈津子《なつこ》が口を開いた。

「事務所の経営と家庭の両立はたいへんですよ」

奈津子が斑目法律事務所でパラリーガルをしていた当時、担当弁護士は佐田だった。佐田が刑事事件専門ルームに移った際には奈津子も異動し、藤野らと共に働いた。その後、志賀の猛アタックを受けて結婚し、今は一緒にレッツビギン法律事務所で働いている。

「わかってる」

佐田は奈津子にうなずいた。

「何かアドバイスがほしいときは喜んで……」

志賀が言いかけたが、

「いらない」

佐田は全部聞く前に断った。

「もし、手にあまる案件があればうちで……」

志賀はさらに言ってきたが、佐田は少し離れた場所にいたヨシツネ自動車の会長、若《わか》月昭三《つきしようぞう》を見つけた。すると、佐田は志賀に向けていた渋い顔を一変させて笑顔を浮かべ、若月に歩み寄った。

「これはこれは、若月会長。本日はありがとうございます」

「佐田先生。所長就任おめでとう」

若月は高齢で頭髪も薄いが、背筋はピンとしていてまだまだ現役感たっぷりだ。

「ありがとうございます」

「……実は、折り入って頼みがあるんだが」

若月が切り出した。

「なんなりとお申し付けください」と佐田は満面の笑みを浮かべた。

「私の孫娘がつい最近、司法修習を終えて弁護士になってね」

「弁護士、それは素晴らしい」

佐田は大げさに反応した。

「ゆくゆくはうちの顧問弁護士にしたいと思っているんだが、どういうわけか青臭い正義感に目覚めてしまったらしく、金にもならない刑事事件の弁護士をやりたいと言い出しているんだ」

「刑事事件は……それは困りました」

刑事弁護などに足を突っ込まないほうがいい。それは佐田の本心だ。

「そこでどうだろう。君の所で企業向け民事の弁護士にして育ててはもらえないだろうか」

「もちろん喜んで。しかし会長、そうなりますと、私といたしましてもお孫さんにより多くの勉強をしていただくための案件が必要になってくるかと思います」

佐田は遠慮がちに……と見せかけ、実にしたたかに切り出した。

「わかっている。我がヨシツネ自動車は配下に多くの関連企業を抱えている。そのいくつかを君の事務所に任せようかと思っているんだ」

「わかりました。ありがとうございます。それでしたら一流の弁護士に育てるのに十分な指導ができると思います。よかったですね、お孫さんね」

「秘書」

「秘書？　お孫さんじゃ……」

若月の秘書を孫と間違えてしまったが、それはともかく、なんと幸先がいい。仕事が向こうから舞い込んできた。佐田はニヤリと笑った。

「ヒロト、どこなのー？」

相変わらず深山を探している加奈子が、佐田のそばを通りすぎていく。

「そういえば深山先生は？」

近くにいた藤野は会場内を見回した。

「パーティーのことは伝えましたよね」

中塚は答えた。

「ヒロトいたー！」

加奈子は花が咲いたような笑顔になり、駆け出した。

だが、近くまで行き、「ん？」と首をかしげた。深山ではない。それはなぜか深山のお面を着けた明石達也《あかしたつや》だった。

「ヒロトじゃなーい！」

加奈子は明石に思いきりビンタをくらわせた。

明石は、深山と十五年以上行動を共にする万年パラリーガルで、二十年間司法試験に挑戦しているが落ち続けている。斑目が深山をスカウトした際、乗り気でなかった深山を説得する代わりに自分も雇ってほしいと斑目に頼み込み、一緒に雇ってもらった。深山の片腕的存在を自負しているが、お金に執着しない深山は常に金欠状態なので、明石が代わりにお金を立て替えたりと、けっこう理不尽な目にも遭っている。

「殴ったね」

明石は頬を押さえて加奈子を見た。

「ヒロトじゃなーい！」

加奈子はもう一度同じことを言ったうえに、さらにもう一発ビンタをお見舞いした。

そのときに明石は、飾ってあった加奈子のCDを倒してしまう。

「二度も殴ったね。オヤジにもぶたれたことないのに」

明石は、三年前に深山の父の事件を解決するため金沢の旅館に宿泊したときに旅館の社員に披露したのと同様、『機動戦士ガンダム』のアムロ・レイの物真似をして、頬を押さえた。騒ぎを聞きつけた藤野と中塚は駆け付けて明石をかばった。

「そろそろスタンバイを」

落合が加奈子を呼びにきた。

「CD全部買い取って！」

加奈子は叫びながら、落合に引っ張っていかれた。

「明石くん？　すごい笑ってる」

藤野は明石が着けている深山のお面を見て言った。

「いや、深山が『接見入った』って来ないからさ。深山がいないとまた騒ぐだろ、佐田先生」

「でもそれだと、明石さんが来てないことになっちゃいますよね」

「あー、気付かなかった」

明石は目をぱちくりさせた

＊

その頃、留置場の接見室では、大島がアクリルの仕切り板越しに穂乃果に必死で訴えていた。

「何度言われてもやってないものはやってない……」

「Ｃｏｏｌ　ｄｏｗｎ《クールダウン》！　大島さん」

穂乃果は手のひらを下にして「落ち着いて」というジェスチャーをした。

「もう一度だけ確認しましょう。四月七日夜八時頃、上野のアパートに住む本田紗子《ほんだたえこ》さんはベランダで不審な物音がするのに気付き、外を見ると干してあった下着を盗んで逃げていく男の後ろ姿を発見――」

穂乃果は大島に確認した。

「被害者は直ちに一一〇番通報、四十分後、警察は付近をうろつく被害者の証言とそっくりのあなたを発見。職質の上、任意で持っていたバッグを開けさせたところ、被害者の物と同じ下着が出てきた」

職務質問された大島が自信たっぷりに「どうぞ見てください。何も取ってませんから」と警官にバッグを渡すと、バッグの底から女性物の下着が出てきた。「いつの間に……」と驚いた大島は自分のものではないと否定したものの、逮捕されてしまったのだ。

「大島さん」

「こ……、はい」

名前を呼ばれ、大島はなぜか合っているのに否定しかけたが、すぐに返事をした。

「いいかげん認めましょうよ。認めて反省の色を見せれば執行猶予だってつくんですから」

「私は、そのアパートの場所すら知らなかったんですよ……」

「でも、被害者の本田さんはあなたの服装もバッグも全部正確に言い当てているんですよ？」

被害者の本田は警察に犯人の特徴を話していた。グレーのチェックのジャケット、カーキ色のショルダーバッグ……すべて大島のその夜の服装と一致した。

「やってないと言うなら、バッグから出てきた下着はどう説明するんですか？」

「知りませんよ。誰かが入れたとしか……」

「いつ、どうやって？　大島さん」

「大島だよ！」

大島と呼ばれた大島は、またもおかしな反応をする。

「『事件の日は気仙沼から東京まで出てきて、バッグはずっと持っていた』って言いましたよね。誰に入れることができたっていうんですか」

「それは……私にも……」

大島が言いかけたとき、穂乃果の背後のドアが開いた。振り返ると、紺色のスーツに、茶色いリュックを背負った男性が立っていた。

「どうも」

男性はうっすらとほほ笑んだ。

「……どなたですか？」

「弁護士の深山です」

深山は接見室に入ってきて、ドアを閉めた。

「よろしくお願いします」

大島は深山に頭を下げた。

「私が弁護を担当してるんですけど。勝手に入ってこないでください」

穂乃果は言ったが、深山は構わず隣に腰を下ろし、リュックからノートを出した。

「あなたが私の言うことを信じてくれないんで、先ほど解任する手続きを取りました」

大島は穂乃果に言った。

「はい?」

穂乃果はわけがわからず首をかしげた。

「代わりにあちらに頼むことにしたんです」

大島は深山をさした。

「解任って……」

穂乃果は納得できない……。

「邪魔なんで、そこどいてくれる?」

やはりすっきりはしないのだが、深山に言われて穂乃果は仕方なく大島の正面の席を譲った。

当然のように着席した深山はノートを広げ、自分の耳を触りながら仕切り板の向こうを見た。

「では、小島さん」

「はい！　大島だよ！」

大島は、ようやく言えた、という表情をしている。

「じゃあ大島さん。まずは生い立ちからお願いします」

深山は改めて言った。

「生い立ち？」

穂乃果は真ん丸い目をさらに見開いて深山を見た。

「まだいたの？」

「……失礼します」

穂乃果は荷物を片づけ、深山を恨みがましそうに見ながら出ていった。

「生い立ちですか？」

「はい。出身はどちらですか」

深山は耳たぶに触れながら尋ねた。

「気仙沼です」

大島は答えた。

パーティー会場の壇上には、現在は弁護士会の会長を務める斑目が立っていた。

斑目法律事務所を日本における四大法律事務所とされる規模にまで拡大した斑目は、五年前、弁護士会会長を狙うアピールのため、そして事務所の社会貢献のために、「刑事事件専門ルーム」を設置した。

その際に佐田を室長に据え、深山をスカウトしたのだが、実は斑目と深山の亡き父親・大介《だいすけ》は高校時代にラグビー部の同期だった。

大介は深山が小学生の頃に殺人事件の容疑者として誤認逮捕され、獄中死した。その際に何もしてやれなかったことを、斑目は悔やんでいたのだった。

「私は四十年、この事務所を率いてきました。いろいろな案件を見てきました。司法界が大きく変わろうとしている今こそ潮時かと思っています。佐田先生、これからの君の活躍を楽しみにしていますよ」

斑目は会場内の佐田に語りかけた。

「ふん、あんたに心配されなくても大丈夫だよ」

佐田は顔に笑みをたたえながら、小声で正反対のセリフをつぶやいた。

*

「そしてどうか、みなさん。新しい斑目法律事務所をみなさんの力で支えてやっていただきたい」

斑目の言葉に、来客たちが佐田に注目し、拍手を送った。佐田は笑顔を浮かべ、拍手に応えた。

*

穂乃果は留置場の廊下のベンチに座り、イライラしながら『ロボット弁護士Ｂ』というタイトルの漫画を読んでいた。

「この証人の言葉には微塵も真実が感じられません。私のＩＣチップがそう判断しました」

穂乃果は漫画の中に登場するセリフをつぶやくと、『ロボット弁護士Ｂ』を乱暴に閉じた。

「……いったい何話してんだか」

接見室のほうを見たとき、ドアが開き、深山が出てきた。穂乃果は立ち上がり、走っていった。

「私、四大ファームの一つ、鼻菱《はなびし》法律事務所の河野穂乃果と言います。これ、私の初めての案件なんです。勝手に取られちゃ困るんです！」

訴えたが、深山は完全スルーで歩いていく。

「小島さんがやったのは間違いないんですよ！」

穂乃果は追いかけていき、深山の背中に向かって叫ぶ。すると、深山が立ち止まった。

「止まった……」

「大島さんね」

「あ、大島さんがやったのは……」

「君さ、証拠は全部調べた？」

深山は淡々とした口調で、穂乃果に尋ねた。

「は？　もちろんです」

「じゃあ、事件当日に大島さんが気仙沼で撮った映像見た？　クラウドに自動でバックアップされるってやつ」

「映像のことなら聞きましたけど、映っているのは気仙沼の『ホーヤランド』建設予定地だと言っていたので、事件には関係ないと思います」

「思います……」

深山は穂乃果の言葉を繰り返すと、また歩きだした。

「まだ話は終わってません。どこ行くんですか」

「事件を調べに」

「待ってください。これは私の事件です」

「君はもう弁護人じゃ……」

歩いていた深山は何かを思いついたのか話をするのをやめて、振り返った。そして穂乃果をじっと見つめる。いったい何を言われるのかと、穂乃果は身構えた。

「なんですか、なんですか！」

「君、手持ちある？」

「はい？」

穂乃果は首をかしげた。

＊

「ワン・フォー・オール、オール・フォー・ワン。……失礼しました」

斑目がラグビーでのチームプレイの精神を表す言葉でスピーチを締めると、会場は温かい拍手に包まれた。

「斑目春彦様、ありがとうございました」

落合が壇上の斑目に向かって笑顔で言った。

「私より長い！」

だが佐田は気分がよくない。

「ではこれより、佐田新所長より斑目前所長へ花束の贈呈です！」

落合が言うと、会場内に感動を盛り上げるためのベタなＢＧＭが流れた。

「じゃ、帰るわ」

志賀が佐田に告げ、奈津子を連れて帰っていく。

「このタイミングかよ」

呆れていた佐田は慌てて笑顔を取り繕い、中塚から手渡された花束を持って、壇上へと向かった。そして斑目に近づき、花束を渡した。

「刑事事件ルームはどうするつもりだね」

花束を受け取りながら、斑目が佐田の耳元でささやいた。

「もうあなたには関係ない」

佐田も笑顔のまま、ささやく。

「海沿いの一軒家を買ったんだって？」

「それこそあなたには関係ない」

そう言いつつも満面の笑みを浮かべ、佐田と斑目は固い握手と抱擁をかわした。

「髪型変えたんだね」

「関係ない。あなただってメガネかけた……」

「それこそ関係ない」

二人がそんなことをささやき合っているとも知らず、会場は長い抱擁をかわしている二人へ向けて、この日一番の盛大な拍手の音が響いていた。

「それではここでSADAレコード所属、永遠の大型新人・かたかなこさんに歌っていただきましょう！」

佐田と斑目にかわり、加奈子がステージに上がった。

すると、イントロが流れだし、落合が曲紹介をはじめる。

「歌は世につれ世は歌につれ……東北の地をひとり旅、スマホ片手に自撮り旅……かたかなこ一〇八枚目のニューシングル『みちのくジドリ旅』！」

イントロと曲紹介が終わると同時に、加奈子は大きく息を吸って、歌い出した。

2

深山と穂乃果は東北新幹線と在来線を乗り継ぎ、気仙沼の復興祈念公園にやってきた。

東日本大震災の記憶を後世に伝え、復興を祈念する公園で、震災から十年後の二〇二一年三月十一日に開園したばかりだ。市街地から近い安波山《あんばさん》のふもとの陣山《じんやま》にある公園で、階段を上がっていくと視界が開け、祈念シンボル「祈りの帆《セイル》」が建っている。深山はその近くに立ち、手を合わせ合掌した。

西側にはなだらかな安波山が見え、内湾の大島大橋、気仙沼湾横断橋も一望でき、眼下には港の景色が広がっている。

「なんで気仙沼まで来なきゃいけないんですか！」

穂乃果はハアハアと息を切らしながら、階段を上がってきた。

「現場だから」

深山はあたりまえのことのように答えた。

「第一、どうして新幹線代を私が払うんですか？　こんなものまで」

穂乃果は紙袋に入ったカメラ、三脚、バッグなどを足元に置いた。

ここまで四時間弱。交通費は穂乃果持ち。しかも荷物持ちまでさせられている。

わけがわからない。

「『これは私の事件だ』って言ったでしょ」

深山は言った。

「それは……埼玉より北に行ったことないのに」

深山に痛いところを突かれた穂乃果は、ぶつぶつとつぶやいた。

「あの橋の下あたりが映像に映ってた空き地だね」

深山は気仙沼湾横断橋を指し、何も持たず、身軽に階段を下りていった。

「え？　どこ？　え⁉　もう下りるの⁉」

穂乃果はまた数々の重い荷物を持ち、あたふたと深山を追った。

深山は山のふもとの食堂に入った。穂乃果も続いた。

「お待たせしました」

港町ならではの名物、海鮮丼が運ばれてくる。

「ここ、大島さんが東京に行く前に立ち寄ったお店ですか?」

穂乃果は尋ねた。

「いや。充電しないと使えないでしょ」

深山はタブレットやビデオカメラを充電していたのだ。

「えっ? そのために?」

驚いている穂乃果には構わず、深山はリュックから赤い小箱を取り出した。金属のバックルをカチッと開けると、その中には調味料ボックスがずらりと並んでいる。

「新鮮なホタテはまずガーリックジンジャー坦々ソースで、と……」

深山はその中からマイ調味料を選んだ。

「それ、いつも持ち歩いてるんですか」

穂乃果は興味深く見つめた。

「うん」

調味料ボックスは深山の常備品だ。

斑目にごちそうしてもらったローストビーフにアイオリソース。ホームレスたちに丸ごとロールキャベツを作ったときはレモン塩。味の薄い藤野の奥さんの手作り弁当にはアリッサ、みそだれ、土佐醤油、煎り酒。宅配のピザにはグリーンサンボルソース。イタリアンレストランで、カルパッチョに柚子胡椒と小夏のソースをかけたときは毒を入れたと疑われて逮捕されたこともある。

「いただきマングース！　うん、うまい」

「いただきます」と言うとき、深山は必ずダジャレを言う。亡き父・大介の影響だ。これまでにも「いただきマングローブ」、「いただきマンチェスターユナイテッド」、「いただきマゼラン海峡」など、数々のパターンを繰り出している。

モリモリ食べている深山の向かい側に座った穂乃果は、タブレットで大島が撮った映像を見ていた。気仙沼にあるいずれは『ホーヤランド』なる施設が立つ予定の空き地を、左右に三六〇度以上回転して撮られた映像だ。

「なんでこれを見て気仙沼まで来ることに……この映像がなんだっていうんですか？」

「大島さんのバッグ、映像のはじまりと終わりで肩掛の位置がちょっと変わっている」

深山に言われ、穂乃果は映像を巻き戻した。確かに映像が移動する最初と最後で、置かれている大島のショルダーバッグの角度が微妙に変わっている。

「本当だ……」

「おそらく下着は東京で入れられたんじゃなくて、そのとき気仙沼で入れられたのかもしれない」

「え？　でも、周りには誰もいませんよ。人のいそうな気配もないし……」

「大島さんは、その空き地で予定されている造成工事に絡んだ県と建設業界の不正な癒着を見つけ出した。事件のあった日はそれを告発するために東京に出てきていた」

接見時、大島が話してくれた事件当日の状況だ。

「知ってます。それが今回の事件となんの関係が――」

「関係あるかないかは、調べてみなくちゃわからない。僕はただ事実が知りたいだけだから」

深山はきっぱりと言った。そして、穂乃果に食事をするように促す。

「早く食べないと料理に失礼でしょうが」

しかし、穂乃果はあらゆることが釈然とせず無言になってしまった。


食堂を出た二人は、大島のビデオに映っていた空き地にやってきた。

「この辺か……」

深山は映像を見ながら、あたりを見回した。穂乃果もぐるりとあたりを見ている。

「もし犯人が他にいたとして、もし、その犯人がバッグに下着を入れたとしたら……あくまで『もし』ですよ……あの裏とか？」

穂乃果は目の前にそびえる山を指した。一方、深山は現場の位置関係を確認している。

「大島さんがバッグを置いたのがここ。カメラを置いたのがここ。あそこに隠れていたとすると、犯人はバッグにたどり着く前に大島さんの横を通り越さなきゃいけない」

「気付かないわけがないんデス！」

穂乃果は何やら大げさに言ったが、深山はふと近くに窪地があることに気付き、歩き出した。

「じゃあ、やっぱり隠れる場所なんてないじゃないですか」

穂乃果は相変わらず主張しているが、

「映像ではわからなかったけど、ここからなら見つからずにバッグまで行けたんじゃないかな。再現してみようか」

深山は窪地を見下ろし、穂乃果に声をかけた。

「再現？」

「カメラとバッグ出して」

再現実験のスタートだ。

「このために下着まで買わされたの？」

穂乃果はまたぶつぶつ言っている。

「ねぇ、これどうやってつけんの？」

「はいはい」

穂乃果がカメラと三脚を取りつけた。深山はそのカメラのモニターをのぞきながら、大島が撮影したビデオの映像と同じ位置にショルダーバッグをセッティングする。そして、穂乃果は深山の指示で窪地に潜んだ。

「こんな感じか。カメラが一周するまで十八秒。行くよ、用意スタート」

深山は一、二、と、腕時計を見ながらカウントし、カメラを三百六十度、横に回転させていく。穂乃果はその十八秒の間に、猛然と窪地から飛び出し、バッグに下着を入れ、カメラに映らないよう猛然と引き返し窪地に飛び込んだ。

「……十八。カット。ダメ、最後が映ってるよ。もう一度」

「もう一度……」

うんざりした表情を浮かべながらも、穂乃果は二度目、三度目、四度目……とトライし続けた。

「十五、十六、十七、十八」

ついに穂乃果はカメラに映らずに下着を入れることができた。

「博士は言った。あきらめなければ道は開ける！」

穂乃果は片手を上げ、空を指さすようにして言った。どうやら、先ほどから穂乃果がちょいちょい口にしている妙な言葉は、漫画『ロボット弁護士Ｂ』のお気に入りのセリフらしい。かなり疲れていて息も絶え絶えだが、穂乃果は笑顔で深山を見た。

「どうでもいいけど、こっちも開いちゃってるよ」

深山がカバンを指さすと、カバンのチャックが開いている。

「ちゃんとやって」

「すみません」と穂乃果はもう一度、窪地から飛び出しバッグに下着を入れ、また窪地に戻る。

「十四、十五、十六、十七、十八。はい、ＯＫ」

「やりましたね！」

「じゃ、次は足音なしで行ってみようか」

「ええっ！」

あまりにも予想外の言葉に、疲れが一気に増した。

「だって足音がしたら気付かれちゃうじゃない」

確かに、十八秒以内でやり遂げなければいけないという気持ちばかりで、足音のことは注意を向けていなかった。とはいえ……。

「……無理です、そんなの」

穂乃果はもはや死にそうな調子で訴えた。

「だよね」

「だよねって。わかってたらやらせないでください！」

穂乃果は怒りをあらわにしたが、深山は気にすることなく映像を見ている。

「やっぱりここで下着を入れるなんて無理だってことですよね。足音なんか、初めにわかった……」

「静かに！」

穂乃果の言葉を遮った深山は耳を澄まし、映像をじっと見ていた。

「この音で足音が聞えなかったんじゃないかな」

深山が映像を拡大すると、空き地の向こうで一台の重機が稼働しているのが映っていた。重機には所有者の会社名が書かれている。

「与《よ》太郎《たろう》建設《けんせつ》？」

穂乃果は重機に書かれていた会社名を読み上げた。

＊

与太郎建設株式会社にやってきた二人が社長の工藤達也《くどうたつや》に会いたいと告げると、応接室に通された。

「どうぞ」

いかにも昔は不良だったという雰囲気の中年の社員が応対してくれた。往年の伝説的不良漫画『ビー・バップ・ハイスクール』の映画に出ていたと言われても何の不思議もない風貌だ。だが、そんな見た目とはうらはらに、社員は丁寧に麦茶が入ったコップを二人の前に置いてくれた。

「普通でおいしい」

一口飲んだ深山は、いつもおいしいものを口にしたときに言う感想を述べた。一方、穂乃果は壁に貼ってある歌手のポスターと劇団のポスターを見ていた。四枚貼ってあるが、そのうちの一枚は、同じ年配の男性が写っていた。白髪頭をオールバックにし、色黒で、恰幅《かっぷく》がいい。

「社長はただいま電話中なので、少々お待ちください」

社員は応接室を出ていこうとした。

「あの……こちらが社長さんですか」

穂乃果はポスターを指さして社員に尋ねた。

「はい」

「歌を歌われたり、お芝居もされたりしてるんですね」

「これが社長です。こっちの劇団の方は双子の弟さんです」

「双子……」

「こっちは私のいとこ。お待ちください」

社員は、確かに自分とそっくりな顔をした残りの一人のポスターを指さしてから、ドアを開けて出ていった。すると、奥から電話をしている社長の声が聞こえてくる。

「もめりゃいいのよ。下がもめれば上ももめんだろ」

何やら大声で言っているが深山は無視して立ち上がり、壁に飾ってある他の写真を見はじめた。工藤が有名人との交友関係を自慢するために飾ってあるようだ。

「ここの社長、顔広いんだね」

深山は穂乃果のほうを見た。

「あ、サンドウィッチマン！　ジョーカー茅ヶ崎、マギー審司もいるじゃないですか！」

穂乃果は夢中になってそれらの写真を見ていた。ジョーカー茅ヶ崎は人気ロック歌手で、かつて佐田が担当した事件の依頼人だった。しかし殺人未遂で逮捕されてしまい、佐田ではなく深山がジョーカー茅ヶ崎の無実を証明したことがある。

「あれ……？」

穂乃果は何かに気付き、その中の一枚をよく見るために写真立てを手に取り顔を近づけた。

「あれ？」

深山が穂乃果の言った言葉を反芻する。

「やっぱりそうだ。この女性、被害者の本田さんです。しかも事件のあった二か月前に撮影されてます」

その写真には、マギー審司と共に写る本田と工藤社長の姿があった。どうやらそこは接待を伴う飲食店で、本田はホステスのようだ。

深山はジョーカー茅ヶ崎の写真をさりげなく持って、穂乃果に近づいていった。

「な、なんですか」

「そうか、近すぎ。ジョーカー茅ヶ崎、ジョーカー茅ヶ崎」

深山は「そうか、近すぎ」と同じアクセントで「ジョーカー茅ヶ崎」の名前を二度繰り返した。

「……なに言ってるんですか？」

穂乃果の問いかけには答えず、深山はウヒヒ、と笑った。こういった親父ギャグが出るときは、深山が何か事件の真相に気付いたときなのだが、もちろん今の穂乃果が知る由《よし》もない。

「あの、気持ち悪いんですけど」

「おそらく真相はこうだよ」

深山は穂乃果の様子に構わず、真面目な顔に戻って言った。

「事件当日、ここ気仙沼で社長はあらかじめ預かっていた本田さんの下着を、大島さんのバッグに入れた」

深山は最初から被害者の本田と工藤社長がグルだったと推理した。

本田が工藤に宅配便で下着を送る。大島が気仙沼の空き地で動画を撮っているときに与太郎建設の部下が運転する重機が作動し、音を立てる。大島がカメラを回している間に空き地の窪地から工藤が猛然と飛び出しバッグに下着を入れる。そして工藤は本田に電話をし、大島がグレーのチェックのジャケットを着ていて、カーキ色のショルダーバッグを持っていると伝えた――。

「そして東京で本田さんは、社長から聞いておいた大島さんの服装を警察に証言した」

「大島さんの告発を阻止するために……大島さん、本当に犯人じゃなかったんだ」

穂乃果も納得し、うなずいた。

「君は大島さんを犯人だと決めつけてしまった結果、この事実を見落とすところだったんだ」

「事実……」

穂乃果が神妙な顔つきになっているそばで深山は素早くカメラを出し、工藤が本田と写っている写真を撮影した。

「お待たせしました。社長の工藤です」

そこに工藤が、社員と共に入ってきた。

「工藤さん、僕は急用ができたのでこれで」

深山はようやくやってきた工藤にそう告げると、応接室を出ていきがてら穂乃果に言った。

「君は、いたかったらいていいよ」

「え？」

穂乃果は深山を見たが、穂乃果などお構いなしといった様子で深山は早足で行ってしまった。

「は？」

工藤も呆気に取られ、社員と共に穂乃果を見ている。

「わ、私も急用が！　ありがとうございました！」

穂乃果も逃げるように応接室を出ていった。

「何しにきたんだ？」

残された工藤は狐につままれたような顔で社員を見た。

「社長、あいづら、この写真を！」

社員は、一つだけ倒れている写真立てを発見して言った。

「社長とねんごろのやつ。今回はセーフ」

「セーフじゃネェよ！　あいつら隙を見てぶっ殺せ！」

工藤は声を上げた。


穂乃果が駆け足で与太郎建設株式会社から出てくると、深山が飄々《ひょうひょう》と前を歩いていた。

「置いていかないでくださいよ！」

穂乃果が深山に追いつくと、工藤と社員が追ってきた。周りにはダンプカーやブルドーザー、ショベルカーなど、与太郎建設のあらゆる重機が停まっている。

「上等だ～」と深山たちに茶を出した社員が叫ぶ。若い頃にもきっと同じようなことを言ってケンカに明け暮れていたに違いない。

工藤もまた、重機の近くにいた社員たちに叫んだ。

「そこの二人を捕まえろ！」

工藤の命令に、社員たちは急いで重機に乗り込んだ。そして、深山と穂乃果に向かって発進させる。ダンプカーやブルドーザーが間近に迫ってきて、二人は慌てて逃げだした。


気仙沼の駅前では、市の観光キャラクターの『ホヤぼーや』が観光客をもてなしていた。二本の角のように見えるのはホヤの頭で、マントを羽織っているゆるキャラだ。

深山もホヤぼーやには何かと縁がある。『いとこんち』の店内にはアフロをかぶったホヤぼーやのぬいぐるみが置いてあるし、以前に深山が担当した事件では、イベント会場に置いてあったホヤぼーやのパネルのおかげで誤認逮捕を見破ったこともある。

だが逃げる二人は、ホヤぼーやに気付くこともなく、駅前を走り抜けた。目の前に重機が入ってこられない狭い道が現れたので、その道に逃げ込んだ。ダンプカーなどの重機は手前で停まり、助手席の社員たちが降りて追ってきた。

「あいつら市場のほうに向かってるぞ！　おい、俺を置いていくな！」

工藤はスマホで指示を出していた。

深山と穂乃果は市場内に逃げ込んだが、ついに追いつかれ、港に面した駐車場で工藤たちに囲まれた。

「俺たちは誰の子分でもねぇ」

工藤は息を上げながら、昔にツッパリだった時代を思い出したかのような言葉を口にした。

「え？」

だが、社員たちは唐突な工藤の言葉に首をかしげている。

「いやいや、おまえたちはあの写真どうするつもりだ。さっさと撮った写真を出せ！」

工藤が深山に向かって叫ぶと、深山は穂乃果から離れながらスマホを掲げた。そして言った。

「やっぱり、あなたと本田さんはグルだったんですね」

「そうだ。俺は極悪だ。おまえら往生せいや！」

「今の録画しました。このスマホにすべての証拠が入ってるんで」

「深山先生……」

穂乃果は離れていく深山を見ていた。

「このシャバぞうが！　ボンタン……スマホ狩りじゃ！」

先ほど「上等だ〜」と叫んでいた社員が、まるで八十年代の不良漫画のセリフのような脅しをかけてくる。だが、深山は動じず、穂乃果に言った。

「これを持って逃げろ！」

深山は穂乃果に向かって何かを投げた。

「え⁉　逃げろ⁉」

宙を舞うそれを、穂乃果だけでなく、工藤たちも目で追った。しかし、キャッチしたのは穂乃果だ。その瞬間、深山以外の全員が、穂乃果がキャッチしたのはスマホだと思っていた。だが……。

「なんじゃこりゃあー‼」

穂乃果は声を上げた。穂乃果が手にしていたのは板チョコ……それも、気仙沼が水揚げ日本一を誇るフカヒレを材料にした珍しいチョコレートだったのだ。

だが工藤たちはチョコだとは思っていない。

「おい姉ちゃん、それをこっちに渡せ！」

工藤が言うと、社員たちは重機に乗り込んだ。

「上等だあ！　スマホ狩りじゃあ！」

すべての重機が深山を無視して穂乃果に向かっていく。深山は黙って、穂乃果に早く逃げたほうがいいよ、と言わんばかりの笑みを送った。

「嘘でしょ……」

穂乃果は戸惑いながらも駆け出した。

「全部こっちに来ちゃってるんですけど！」

深山はそんな穂乃果を尻目に、船乗り場から大漁旗のたなびく漁船に乗り込んだ。そして本物のスマホを取り出し、電話をかけた。

「あ、事件です。なんか女の子がダンプに……」

「み、深山あああ！」

穂乃果は遠ざかる深山に向かって叫んだ。だが重機が迫ってくる。

「あああ！」

穂乃果は叫び声を上げながら全力で走った。

＊

東京の居酒屋『いとこんち』のドアには『本日貸切』の貼り紙が出ていた。だが、そこに男がやってきた。男はドアの前で、アフロのかつらをかぶろうとしたが、なかなかかぶれない。この店は「アフロヘアだと五パーセント引き」というサービスがあり、いつも個性的な客が集まってくるのだ。

一方、店内では佐田の就任パーティーの二次会が行われていた。この日のドレスコードはアフロということにしたのか、いつものノリなのか、今日は全員がアフロのかつらをかぶっている。

「三六五枚！　あなたが落として壊したＣＤ」

「いやいやそんな枚数なはずないでしょ」

「一日九五八円の三六五回払いよ！　ここに払いにきなさい！」

加奈子と明石が何やら言い争いをしているが、構わずに「それじゃ、改めて佐田所長の就任を祝って……」と深山の従弟でこの店の店主である坂東《ばんどう》健太《けんた》が音頭を取る。今日の店内で地毛でアフロなのは坂東だけだ。

「カンパーイ！」

アフロのかつらを被った佐田、明石、藤野、中塚、加奈子がグラスを掲げたとき、先ほどの男が入ってきた。常連の漫画家、桂正和《かつらまさかず》先生だ。

「あ、桂先生。ごめん、今日貸切なんですよ」

坂東は声をかけた。

「え、貸切？ なんだよ、自前のアフロ用意してきたのに」

「ごめんね」

そう坂東が謝ると、桂先生はかつらを外して帰っていった。


と、そこに入れ替わりで深山が入ってきた。深山は『いとこんち』に下宿していて、仕事を終えた後は自ら厨房に入ったりもしている。

「おかえり」

坂東が声をかけた。

「ヒロト！」

加奈子が両手を広げて抱き着こうとすると、それを遮るように深山は気仙沼《さえぎ》で使ったカメラとバッグを渡した。

「お土産。もらい物だけど」

「え？　私に？　お土産を私に⁉」

加奈子は感動している。

「何してんすか？」と深山が佐田に尋ねる。

「深山、どこ行ってたんだ。パーティー会場で私の素晴らしいスピーチを聞いていた姿は見かけたが……」

佐田は深山に詰め寄った。

その横では加奈子が深山のバッグをあさって下着が出てきたことに驚きつつも「サイズもピッタリ！」と顔をほころばせたりしていた。だが、佐田の「姿は見かけた」という言葉に反応して「あー、あれヒロトじゃな……」と言いかけたその瞬間、明石が慌てて加奈子の口を塞いだ。明石が深山のマスクをかぶって代理出席していたなんてことが佐田にバレたら一大事だ。

「ほんと素晴らしいスピーチだったよな、深山」

そう明石が取り繕うと、佐田が「あれ？」と気付いて明石に言う。

「おまえ、いなかったよな。俺の素晴らしいスピーチのとき」

「いましたよ。佐田先生が大切にしているのは誠意の二文字。感動しました」

「おう、そうか」とご満悦な様子の佐田だったが、スマホの着信に気付いた。「若月会長!?」と言いながら、佐田は左手にグラス、右手にスマホを持ち、表に出ていく。その様子を見て、藤野と中塚は笑っていたが、深山は我関せずとばかりに二階の自分の部屋に上がっていった。

「言うぞ、言われたくなかったらCD三六五枚買え！」

加奈子はまだ自分の口を塞いでいた明石の手を外し、言った。

「え？　枚数がおかしいんだよ」と当惑する明石に坂東は「買ってあげなよ」とささやく。だが、躊躇《ちゆうちよ》する明石の様子を見かねた加奈子は、パーティーのときの秘密を言いつけてやらんとばかりに「佐田先生！」と表に出ていこうとした。

「待て！　買うよ！」

観念した明石が財布を出し、加奈子とお金のやり取りをしはじめたとき、佐田が店内に戻ってきた。

「いいか。みんな聞いてくれ。明日は急遽、大事なクライアントが大事な人を連れて事務所に来ることになった。午前中は部屋から一歩も出ないように」

「どういうことですか？」

「僕たちを見せたくないってことですか」

中塚と藤野が尋ねた。

「マネージングパートナーからのお願いです。ん？　深山は？　深山にも伝えておいてくれ」

と、そこにこの店の常連で漫画のアシスタントをしている棚橋《たなはし》が入ってきた。

「桂先生！　桂先生！」

棚橋は明石、加奈子、佐田、藤野、中塚と、順番に一人ずつアフロを取っていった。

そして最後に坂東の髪を引っぱった。

「痛っ！　これ地毛！　今日は貸切だから桂先生、駅向こうの串カツ屋にでも行ったんじゃない？」

坂東の説明を聞いた棚橋は「〆切！　桂先生！」と叫びながら店を出ていった。桂はアフロのかつらをかぶって〆切前に『いとこんち』にやってきては、棚橋に連れ戻される。いつものお決まりのパターンだ。

こうして、佐田の晴れの日と、深山が接見から気仙沼へと向かい、いつものように事実を追求した日は終わっていった。

3

翌朝、深山は斑目法律事務所の刑事事件専門ルームを出てすぐのところにある階段を上り、ロビーに姿を現した。すると、佐田が受付の前に立っていることに気付いた。どうやら、誰かを待っている様子だ。

「おはよう」

なんと佐田は社員たちが通るたびに笑顔で声をかけていたのだ。佐田といえば、いつもはあまりの顔の圧力で社員たちがよけるぐらいなので、珍しい。マネージングパートナーに就任して、早速やる気満々といった風情だ。

「おはよう！　今日も私たちの事務所のために頑張ろう！」

笑みをたたえた佐田は、『斑目法律事務所』と書かれた表札を見て『斑目』の部分を手で隠している。

「『佐田』法律事務所……いい響きだ」

目を細めながら表札を見てつぶやいていたが、社員が来ると何もなかったようにふるまい、また笑顔で挨拶をした。

「おはよう！」

そして社員が通りすぎると再び「『佐田』法律事務所……いい響きだ」と、つぶやく。

そんな様子を見ていた深山は、

「いつ変えるんですか？　名前」

佐田の肩越しに尋ねた。

「深山！　いつからいたんだ！」

佐田はビクリとして振り返った。

「ずっといましたよ。『佐田法律事務所』って言ったところから」

「言ってない！　早く行け、部屋から出るなと言っただろ！」

佐田は深山を追い払った。

結局、昨夜の「マネージングパートナーからのお願い」は深山には伝わっていなかったようで、深山は「聞いてないよ」とつぶやきながら、刑事事件専門ルームに向かおうとした。

「若月会長！」

そこに佐田の大きな声が響きわたり、深山は振り返った。佐田が部下を引き連れた若月に駆け寄り、挨拶をしている。

「佐田先生。わざわざお出迎えいただかなくても。私の孫だからと言って特別扱いしないでほしいな」

「もちろんわかっています。なんだ、やっぱりお孫さんでいらっしゃったんじゃないですか。会長」

「秘書！　穂乃果、ご挨拶しなさい」

若月は、佐田が孫だと勘違いした秘書を呼びつけながら、振り返って本当の孫娘を探した。

「あれ？　どこ行った？」

若月も部下たちもあたりをきょろきょろと見回している。

「探してきなさい」

若月は部下に命じ、佐田に視線を戻した。

「恥ずかしがり屋だから……。すぐ見つかるだろうから先に案内してくれ」

「わかりました」

佐田は一瞬戸惑ったが、笑顔を作った。そして小声でささやく。

「お孫さんの勉強材料となりますす案件なんですが、ひとつよろしく……」

「わかっている」

若月は佐田の言葉を遮るように、重々しくうなずいた。

「穂乃果さんにとって最高の事務所ですよ、我が斑目法律事務所は、ははは！　こちらでございます」

「……穂乃果？」

佐田は案内をすると、若月と二人、笑い声を上げながら歩いていった。

足を止めてやりとりを聞いていた深山は、聞き覚えのある名前に首をかしげた。


結局、若月は孫娘を紹介できないまま帰っていった。その後ろ姿を見送った佐田はマネージングパートナー室に戻ってきた。今や自らが主宰するレーベルの所属歌手である、かたかなこのＣＤ『みちのくジドリ旅』を聴きながら、仕事をはじめようとしたが、どうもそわそわ気持ちが落ち着かない。

「ヨシツネグループの顧問になった際には、この名前も遠くない」

『佐田法律事務所』の新しいマークはどうすべきか。佐田は紙とペンを出し、紙に新しいマークのデザインを描いてみた。そして首をかしげて消し、また描いては消しという行動を繰り返していた。

「失礼します」

そこに、見知らぬ若い女性が入ってきた。だが、佐田は自分の名前を冠した事務所のマークの考案に夢中になっていたのか、CDラジカセの音がうるさかったのか、反応がない。「失礼します」とふたたび言うと、その女性は勝手に停止ボタンを押した。

「なんだ、君は?」

佐田は顔をしかめた。ずいぶんと若く見えるが……。

「先ほどはご挨拶できず失礼しました。若月の孫の、河野穂乃果と申します」

「あなたが本当のお孫さん!? どちらにいらっしゃったんですか! 会長は帰られてしまいましたよ」

若月の孫と聞き、佐田はあっさりと手のひらを返して敬語になった。

「佐田先生、私から三つ申し上げておきたいことがあります」

穂乃果はいきなり佐田に向かって言った。

「はい?」

「一つ目。私がヨシツネ自動車の会長の孫だからといって、特別扱いはしないでください。私はあくまで勉強の身です。だからさっきも、祖父と一緒のところを見られてしまえば、みなさんに気を遣わせてしまうと思ったので隠れていたんです」

「そのことなら――」

「二つ目」

穂乃果は佐田の言葉を遮って続けた。

「ここに深山という弁護士がいますよね。彼を連れてきてください」

「深山が何か……」

「それは本人が一番よくわかっているはずです。今すぐ、ここに連れてきてください」

「いや、しかし……」

「三つ目。早く」

穂乃果に急かされた佐田は腑に落ちなかったが、「またあいつが何かしでかしたのか」

と内心思いながら、とりあえず深山を呼びにいった。

「Hurry《ハリー》！　佐田先生！」

佐田の背中で穂乃果の元気な声が聞こえていた。

慌てて佐田がマネージングパートナー室を出た頃、刑事事件専門ルームではランニングに短パン姿の藤野が出勤してきたところだった。

「遅くなりました。すみません、娘たちの進学相談、行かせてもらって」

「待たされるのは内藤《ないとう》選手で慣れているんで」

プロレスファンらしい返しで、中塚はにこやかに言った。プロレスラーの内藤哲也《ないとうてつや》は入場曲がかかってから、出てくるまでが長い。観客はいつも待たされているのだ。

「マラソン通勤、続いてるんですね」

明石が藤野に話しかけたところに、刑事事件専門ルームに到着した佐田がせかせかと入ってきた。

「深山いるか。ちょっと来い、深山」

「いやです」と深山は即座に断った。だが、佐田は「いいから早く来い。おまえに用があるんだ」と深山を部屋から連れ出した。

「外出るなって言われたんで。一歩も出ちゃいけないんですよね？ 外出るなって言われたから」と深山はしつこく佐田の揚げ足を取るが、佐田は「もうそれは終わった！ つべこべ言うな」と言い返す。

イラつく佐田とニヤつく深山という、いつものやりとりを、明石たちは何事かと見ていた。

佐田は深山を連れ、マネージングパートナー室に戻った。

「家、買ったんですね」

深山は飾ってある佐田の新居の写真を見て言った。前所長の斑目はトロフィーや盾、そしてラグビーボールぐらいしか飾っていなかった。だが、主が佐田となった今、広々としたマネージングパートナー室には競馬グッズ、かたかなこのCD、ジョーカー茅ヶ崎のサイン、家の写真やクルーザーの模型など、佐田の趣味のもので埋め尽くされている。圧巻なのは机のすぐ後ろにある等身大の馬のオブジェだ。

「海はいいぞ～。寝ているときも聞こえてるんだ。波の音がまるで心のハンモックに揺られている気分だ」

佐田が話している途中で、深山は穂乃果がいることに気付いた。

「あ、君……ロボット弁護士」

「あ、こいつが何をしたかは知りませんが、本当に申し訳……」

佐田も穂乃果の存在を思い出し、言った。だが穂乃果は振り返ると、深山をまっすぐに見て言った。

「深山先生、私を弟子にしてください」

「え？」

「はあ?」

佐田と深山は同時に声を上げた。

「お願いします!」

穂乃果は深々と頭を下げた。

「で、弟子だと?」

いったいどういうことかと、佐田は穂乃果と深山を見た。

「はい。私は、深山先生と刑事弁護の現場を体験させていただきました。そのときの深山先生の証拠へのこだわり、洞察力、そして何より気仙沼まで行って事実を確かめようとするその壮大な人間性、すべてに感動しました。プシュー。私の電子頭脳は感動でショート寸前なのです」

昨日の気仙沼でもそうだったが、穂乃果はときどき擬音を交えたり、大声で英語を叫んでみたりと独特なしゃべり方をする。これも大好きな漫画『ロボット弁護士B』の影響……というか、キャラクターが憑依したかのようだ。

「電子頭脳?」

首をかしげる佐田に、

「ロボット弁護士なんで」

深山は言った。

「弟子がダメだというなら、助手でもアシスタントでも構いません」

「全部一緒だね」

深山は冷静な口調で言った。

「落ち着こう。突然、そんな勝手なこと言われても困るんだよ。君は民事の仕事を勉強するためにここに来たんだから」

佐田は穂乃果をなだめた。

「弟子にしてもらえないなら、私がここにいる意味はありません。今すぐ辞めさせてもらいます」

「刑事事件は今後取り扱わない方針なんだ。穂乃果くん」

「あ……穂乃果？」

深山は改めて穂乃果を見て、彼女を指さした。そしてようやく、目の前にいる気仙沼に一緒に行った「ロボット弁護士」と、先ほど若月が言っていた「孫娘」が同一人物だということがわかった。

「はい。河野穂乃果と申します」

「……なるほどね」

深山はうなずき、佐田を見た。

「仕方ないんじゃありませんか、本人の希望なら」

だが佐田は、おまえは黙ってろとばかりに深山を指さした。

「なんなら、僕から説明しますよ。彼女のおじいさんに」

「なに⁉」

そう言うと、佐田は深山を部屋の隅に引っ張っていき、小言でささやいた。

「今のはどういう意味だ」

「刑事事件ルーム、潰すつもりなんでしたっけ？　そうしたら彼女は辞めるだろうし、おじいさん、なんて言いますかねえ」

「おまえ、どこで何を聞いたんだ」

「僕は別に、何も」

飄々としている深山を、佐田は苦虫を嚙み潰したような顔で見た。

「弟子にしてもらえるなら、祖父には民事の勉強をしているとうまく言っておきます。それで何か問題がありますか？」

「ないなあ」

深山は言ったが、佐田は黙っている。穂乃果はそれをＯＫのサインだと受け取ったようだ。

「ありがとうございます。深山師匠、よろしくお願いします。では着替えてきます」

「着替える？」

首をかしげている佐田を尻目に、穂乃果は部屋を出ていった。

深山が刑事事件専門ルームに戻ってくると、藤野と中塚が近づいてきた。藤野はすでに仕事着に着替えている。

「なんだったんですか？　佐田所長の話」

「やっぱり気仙沼の話ですか？」

藤野と中塚はすでに、深山が新人弁護士の女の子の仕事を奪った挙句に気仙沼まで行ったという噂は入手していた。

そこに、佐田がやってきた。

「みんな、ちょっといいかな」

佐田は、刑事事件専門ルームのメンバーたちの前に穂乃果を立たせた。

「紹介しよう。今日から刑事事件ルームで働くことになった河野穂乃果くんだ。一応、深山のアシスタントになってもらう」

「君さぁ」

深山は、着替えて現れた穂乃果の格好を見て思わず口を開いた。穂乃果は深山が着ているのと同じ紺色のスーツ姿だったのだ。そんな穂乃果の様子に敵対心をむき出しにしたのが明石だった。

「反対！　断固大反対！　深山のアシスタントは間に合っている！　十五年以上一緒にいるこの明石こそ、深山と相思相愛の最高のパートナーだ！　な、深山！」

明石は穂乃果を睨《にら》み、深山にすがりついた。

「誰？　君？」

しかし、明石の熱い言葉にも、深山はいつものように〝塩対応〟だ。

「深山ぁ……」

明石はその場に崩れ落ちそうだ。

「君さぁ、その格好やめてくれない？」

深山は穂乃果に苦言を呈した。

「わかりました！」

昨日とは打って変わって、穂乃果は深山の言葉には絶対服従の様子だ。

「深山ぁ！」

明石の叫びは届かない。

「河野穂乃果です。趣味は読書。今ハマってるのは『ロボット弁護士B』です。よろしくお願いします」

穂乃果はみんなに漫画を見せた。

「それがロボット弁護士か」

佐田は納得したように言った。

「読書って漫画じゃねぇか」

明石はとりあえずケチをつけた。

「席は……」

佐田は室内を見回した。

「ここだけは絶対に譲らないぞ」

明石は『弁護士明石の予約席』と手書きで書いた札を立てたデスクにしがみついた。かつて深山の同僚だった女性弁護士たちが座っていた机だ。だが、無情にも佐田は「そこを使いなさい」とあっさりと言い放った。

「はい」

穂乃果がうなずくと、藤野と中塚は明石をどかし、デスクの上を片付けはじめた。

「あぁ……！」

明石は絶望しているが、そんなことには構わず、佐田は穂乃果にだけ聞こえるように小声でささやいた。

「くれぐれも、若月会長がもしいらっしゃったときは、民事のフロアに戻ってくれよ」

「わかっています」

穂乃果は深くうなずいた。

「頼んだよ、みんな！」

佐田はみんなに声をかけ、自室に戻った。

「また変なやつが現れやがって。せっかく尾崎《おざき》が裁判官に戻っていなくなったと思ったのに」

以前に在籍していた尾崎舞子《おざきまいこ》も、明石はずっと気にくわなかった。舞子は一時期、裁判官を辞めていたときに友人が関係する事件の依頼に訪れたことがきっかけで、斑目法律事務所の刑事事件専門ルームの弁護士として働くことになった。そして、明石が言うように、今はまた裁判官に戻っているという非常に優秀な女性だ。

「カワノ先生」

中塚が穂乃果に呼びかけた。

「コウノです」と穂乃果は訂正する。

「河野先生、深山先生にたいへんな思いさせられたって聞いたけど」

改めて、中塚が穂乃果に尋ねた。

「はい。建設会社のダンプに追われて殺されそうになりました。でも、そのとき、深山師匠は私を囮《おとり》にし、すべての危険を私に集中させ、その間に警察に電話して助けてくださったんです」

穂乃果はうっとりしたような顔つきで言った。

「それ、感謝されるようなことじゃないと思うけど。本当に助けたいんだったら自分が囮にならない？」

藤野は穂乃果の勘違いを指摘した。

「でも、もしそうだったら、私はきっと深山師匠のことが心配で警察を呼ぶ余裕なんてなかったと思うんです。そこまで読んで私を囮にしたのかと、そのとっさの判断力に感服しました」

だが、穂乃果はすでに深山を師匠と呼んで心酔しきっている。

「違う！　深山はそんな人間じゃない。君は深山という人間を少しも理解していない」

明石が挑発する。

「はい、何も理解していません。だからこそ、弟子入りして師匠のすべてを知りたいんです」

「これは絶対におかしい！　新人のくせにいきなり深山のパートナーなんてあり得ない！」

明石の嫉妬心は爆発しそうだったが、穂乃果は構わずに、バッグから自分の写真を取り出し、机に飾った。写真の穂乃果は目を閉じている。

「んんん？　なんで絶妙なタイミングで目をつぶってる写真を飾るの？」

藤野は首をかしげた。

「これは戒めのためです。初めての案件で失敗したことを忘れないように」

「家康公の『しかみ像』みたいなこと？」

中塚は尋ねた。『しかみ像』とは家康が足を組んで頬杖をつき、しかめ面をしている『徳川家康三方ヶ原戦役画像』のことだ。諸説あるが、家康が敗戦した直後の自分の姿を絵師に描かせ、慢心を自戒して生涯に渡って座右に置いたといわれている。まさに穂乃果の現在の心境にぴったりの例を繰り出す中塚はただ者ではない。

「飴、食べる？」

深山は穂乃果に声をかけた。

「ありがとうございます、いただきます！」

穂乃果は顔を輝かせた。

「えぇ！　おまえ、本当に深山か？　深山の顔した誰かなのか？」

明石は深山の顔をマジマジと見つめた。

「誰かじゃない！」

言いながら、深山は明石がかけていたメガネをポンと放り投げた。

「これこれ～」と明石は深山に軽くあしらわれる日常に一瞬安心したところで、「『これこれ』じゃない！」と我に返った。

そんなやりとりをしている平常運転の刑事事件専門ルームだったが、内線が鳴り、中塚が受話器を取った。

「深山師匠のデスクには飴が常備されている」と穂乃果がノートにメモを取っていると、

「深山先生、依頼人の方がお見えだそうです」と中塚は深山に声をかけた。

「わかりました」答えたのは穂乃果だ。

「なんでおまえが答えるんだよ」

明石が文句を言っているが、穂乃果の耳にはまったく届いていない。

「今すぐ、急いで着替えてきます。Ｈｕｒｒｙ《ハリー》！　パラレディ！」

穂乃果は刑事事件専門ルームを出ていったが、深山は黙っていた。

「なんだ、パラレディって」

そう首を捻《ひね》る明石に向かって、藤野は『ロボット弁護士B』の設定を説明しはじめた。

「相棒のロボットパラリーガルなんだよ。娘たちが読んでるからわかる」

「知ってんだ！」と明石は藤野の意外な知識に驚きつつ、「変なの！」と穂乃果の背中に向かって言葉を投げつけた。

4

深山は斑目法律事務所の豪華な応接室で、依頼人の柴田一《しばたはじめ》と向き合っていた。柴田は深山と同世代だろうか、爽やかで、実に誠実そうな印象だ。

「柴田さん、ご依頼の内容は?」

深山は尋ねた。

「資料をまとめてきました」

柴田は机の上に資料を出した。

「失礼します」

隣に座っていた穂乃果はさっと手を出し資料を受け取ると、「どうぞ」と深山の前に置く。弟子としてかいがいしく働く姿をアピールしているようだ。

「政治家の収賄《しゅうわい》事件か……」

深山が見る資料の中には被告人として岡部康行《おかべやすゆき》という人物の写真がある。

「私は岡部先生を支援する後援会長をさせていただいてます。先生は若くして愛仙《あいせん》市の市議会議員となった新進気鋭の政治家です。既存の市政に嫌気が差した方たちから強い支持を受けて当選して、次期市長候補とも目されていました」

と、柴田は市議会議員としての岡部の人となりを語った。

「でも、逮捕されてしまった……」

穂乃果が言うと、柴田はうなずいた。

「地元の土地開発業者から五〇〇〇万円の賄賂を受け取り、市の担当者に不当な圧力をかけたとして起訴されています。でも、岡部先生はそんな方ではありません。きっと何かの間違いなんです。抗う術《すべ》は我が手にはない」

柴田は熱い気持ちを込めて言った。

「……」

穂乃果は何も言わず、黙っていた。

「これ、贈賄側の裁判は有罪が確定していますね」

深山は尋ねた。

「はい。贈賄側の円谷《つぶらや》耕三《こうぞう》は先に行われた自分の裁判で、涙ながらに賄賂を渡したと認めて、すでに有罪判決が出ています」

そう言うと、柴田は円谷の裁判の様子を回想しはじめた。

裁判の日――。

「はい、おっしゃる通り、深く考えることもなく、五〇〇万円、現金で岡部先生にお渡ししました」

そう円谷は罪を認めた。だが、検事の岩城雄介《いわきゆうすけ》は、円谷を厳しい顔つきで見て尋問を続けた。

「円谷さん、『政治家に現金を渡して、自分だけ利益を得よう』なんて考え方が蔓延《まんえん》したら、この国はどうなりますか？　あなたがやったことは民主主義を破壊しかねない極めて危険な行為なんですよ。さっき、あなた、『深く考えてなかった』なんて、なんの言い訳にもならない。円谷さん、本当に反省してるんですか？　あなた」

「はい！　こんな罪になるとは思わず……反省してます」

岩城の言葉に、円谷は「すみません、すみません……」と涙ながらに謝罪した。

「わかりました。検察からは以上です」

岩城は着席した。その向こうにある弁護士席に座っていた南雲恭平《なぐもきようへい》は、円谷をじっと見ていた――。

このように、柴田は贈賄側の法廷での被告・円谷と担当検事のやりとりを説明した。

「岡部先生の秘書の植木《うえき》さんも、確かに先生が賄賂を受け取った現場を見たと証言していて、さらには市の担当者も、岡部先生から圧力があったと供述しています」

「真っ黒じゃないですか！　……あ、すいません」

思ったことを率直に口にしてしまい、穂乃果は肩をすくめた。

「わかりました、調べてみます」

深山は言った。

「え？」

穂乃果は驚いて深山を見た。

「フカヤマ先生」と柴田も驚いた顔で言った。

「ミヤマです」

何度も経験してきたよくある間違いを深山は訂正した。

「引き受けてくださるんですか」

柴田は信じられないといった顔で、深山を見ている。

「引き受けてほしくて来たんですよね？」

深山はニヤリと笑い、立ち上がった。

「どちらに？」

穂乃果が尋ねると、深山は岡部の写真を指した。

「接見」

そして、出ていった。

「失礼します！」

穂乃果は柴田に頭を下げ、深山を追いかけた。

「ありがとうございました」

柴田は二人に頭を下げた。

*

「深山師匠は依頼を受けるとすぐに接見」

穂乃果はノートにメモを取りながら深山を追って表に出てきた。

「手持ちある？」

深山が振り返った。

「タクシーですね！」

穂乃果は率先して停車しているタクシーに近づいていった。そして後部座席を開けてもらい、深山を呼んだ。

「師匠、どうぞ」

「持ってるねえ」

深山は、自分もそうだがいつも「金がない」と騒ぐ明石とは勝手が違うな、と思いつつ、タクシーに乗り込んだ。独立していた時代から金にならない刑事事件を専門に扱い、万年貧乏な弁護士だったが、五年前に斑目からスカウトされたときには三千万円の年俸を提示された。だが、深山はその提示金額を受け取らなかった。高級マンションの最上階から、今や海に近い豪邸に住み、趣味が高じて競走馬のオーナーにもなっている佐田とは対称的に、従兄弟の居酒屋の二階に住む深山は変わり者であることは間違いない。

東京都葛飾区の小菅にある東京拘置所にタクシーは向かっていた。その車中で、深山は資料を読んでいる。隣に座る穂乃果はタブレットで今回の事件について調べていた。

「贈賄側の有罪が確定した後、収賄側が無罪になった例はほとんどありませんね。そもそも賄賂《わいろ》を贈っていないのなら、なぜ『贈った』などと言って罪に問われる必要があるのか。どう考えても嘘をついているのは岡部さんだと思われてしまいますね」

穂乃果が問いかけたが、深山は資料に集中している。穂乃果はタブレットを見ながらさらに続けた。

「円谷耕三は裁判で事実関係を争うことなく情状酌量を求め結審、判決は懲役一年、執行猶予三年。検察、被告人とも控訴せず刑が確定……」

タブレットに表示された記事をそこまで読み上げると、穂乃果は深山の持つ資料をのぞいた。

「Be《ビー》 recognize《リコグナイズ》! これ、岡部さんの収賄の裁判も円谷さんのときと同じ検察官ですね」

これも『ロボット弁護士B』の決めゼリフなのだろうが、穂乃果は「認識しろ」と英語で叫ぶと、タブレットと資料を見比べて言った。深山は考えごとをしながら耳たぶに触れた。すると穂乃果は、ペンを手にした。

「深山師匠には耳たぶを触る癖がある」

「いちいちメモするの、やめてくれるかな」

相当にマイペースな深山から見ても、穂乃果の言動は目に余るようだ。「すみません」と謝る穂乃果を見て、深山は切り出した。

「君、僕と仕事したいなら絶対に守ってほしい八ヶ条があるんだけど、守れる？」

「守れます。八ヶ条、絶対に守ります！」

穂乃果はうなずいて目を輝かせ、深山が言う八ヶ条をノートにしっかりと書き入れた。

＊

東京拘置所の接見室に着いた深山たちは、アクリルの仕切り板の前で岡部を待っていた。やがてドアが開き、岡部が係員に連れられて入ってきた。

「どうも。弁護を担当する深山です」

深山は岡部に見えるように名刺を出し、仕切り板に立てかけた。

「アシスタントの河野です。名刺はまだできていません。どうぞ」

穂乃果はパネルの向こうの岡部に着席を促した。

「あ、岡部です。柴田さんから話は聞いています」

岡部は丁寧に挨拶をした。

「ではさっそく、生い立ち――」

深山が切り出すと、

「生い立ちからお願いします」

穂乃果が食い気味に言ってノートを広げた。

「生い立ちから?」

岡部が首をかしげている。

「絶対に守ってほしい八ヶ条の一」

深山は穂乃果を見て、穂乃果が続きを言えるのかと待った。

「八ヶ条の一。師匠が話をしているときに邪魔はしない」

穂乃果は素直にそらんじた。

「できる?」

「できます」

穂乃果はうなずいた。とはいえ、穂乃果が深山の一挙手一投足を片時も見逃すまいとしているのが伝わってくるので、非常にやりにくい。深山は軽くため息をつきつつ、岡部の話を聞きはじめた。


——三時間後。

深山のノートはびっしりと埋まっていた。まっすぐ書いてある一角があったり、斜め書きの部分があったりするので、なかなか解読が難しいが、とりあえず生い立ちはすべて聞いた。

ここからは、今回の収賄事件の件に切り込んでいく。

「私は絶対に賄賂など受け取っていません。市の職員に圧力をかけたなんてこともありませんよ」

岡部はきっぱりと否定した。

「あ、でも、市役所の人は……」

穂乃果が口を開いたが、深山は咳払いをした。

「できます」

穂乃果は「八ヶ条の一」を思い出し、黙った。

「でも、職員の方はあなたから再三、圧力をかけられたと供述していますね」

深山は資料を見ながら尋ねた。

「市内の市街化調整区域の件で円谷さんから問い合わせがあったので、担当者に何度か話を聞いただけです」

「さらにあなたの秘書の方は、確かにあなたが現金五〇〇万円を受け取って上着のポケットに入れるのを見たとおっしゃっていますね」

深山が言うと、岡部はすこし考えてから口を開いた。

「それは……名刺を取りにいったのがそう見えたのかもしれない」

「名刺を取りに？」

「あの日、暖かかったので上着をコート掛けにかけてあったんです。だいたい、初対面の人間からいきなり五〇〇万円なんてもらう人いますか？」

岡部はそう言うと、ハッと表情を一変させ、深山を改めて見た。

「深山先生、私を疑ってるんですか？」

「今の段階ではどちらとも。それに、あなたがやったかやってないかはどうでもよくて、僕が知りたいのは事実だけなんで」

深山が言うと、岡部は黙り込んだ。

「深山師匠が知りたいのは事実だけ。二回目」

穂乃果はメモを取っている。

「それと、お金を渡したという円谷さんのほうはすでに罪を認め有罪が確定しています。岡部議員の裁判でも当然、裁判所はあなたが賄賂を受け取ったという目で見るでしょう。とても不利な状況なのはおわかりですね」

「はい。円谷さんの裁判で、僕は証人として呼ばれることもなかったんですよ」

岡部は言った。

「はい！　検察は、円谷さんの自白とそれに対する補強証拠がある以上、岡部さんを法廷に呼ばなくても円谷さんの有罪を立証できるとしたようですね」

よく資料を読み込んでいる穂乃果は、張り切って言った。

「そのせいで、私は弁明の機会も与えられないまま、世間からは賄賂を受け取った人間として見られることになりました。このままでは政治家としては終わりです。こんな理不尽なことがあっていいのか!」

岡部は悔しさをにじませた。

「だからこそ、どんなささいなことでも、見逃したり聞き逃したりしたくないんです」

そう言った深山を、岡部はふたたびハッと目が覚めたような表情で見た。穂乃果も同様に、深山を見つめていた。

*

深山と穂乃果は、愛仙市議会にある岡部の部屋にやってきた。深山は途中で立ち止まり、防犯カメラの位置を確認した。

「深山師匠、ここです」

穂乃果は岡部の部屋を確認すると、深山を呼んだ。ドアをノックして入っていくと、秘書の植木美奈子《うえきみなこ》がいた。

「……岡部先生は、間違いなく賄賂を受け取っていました」

植木は無念さをにじませ、言った。

「そう言い切れる根拠はなんですか」

深山は尋ねた。

「私、見てしまったんです……お茶をお出ししようとしたときに、岡部先生が賄賂を受け取ったのを」

植木は目を伏せた。

「では、円谷さんがここに訪ねてきたときと同じこと、もう一度やってもらっていいですか。僕が岡部議員を、彼女が円谷さんの役をやります」

「はい、できます」

円谷役を指名された穂乃果はやる気満々だ。

「わかりました。私がここに座っていて……」

植木はまず自分の机を指したあと、応接セットのソファを示した。

「岡部議員は午前中の会議終わりで疲れてあのソファに横になっていました。そこへ、カバンを持った円谷さんがいらっしゃったんです」

植木の説明を聞くと、深山は「どうぞ」と穂乃果に再現の開始を促す。

深山が岡部がしていたようにソファに寝転がると、穂乃果はうなずいて、一度部屋から出ていった。そして、廊下からドアをノックした。

「はい、どうぞ」

植木が言う。

「失礼しますー」

穂乃果はドアを開けて入ってきた。

「ヒマカ工業の……」

だが、穂乃果のあまりの〝棒演技〟に思わず深山が口を出す。

「ちょっと待って。普通にやって」

「はい！」と穂乃果は答えると再び演技をはじめた。

「失礼します。ヒマカ工業の円谷と申します。十五時のお約束で岡部議員に」

「とりあえず続けてください」

再現の演技をすることに戸惑っている様子の植木に深山は言った。

「はい。聞いております。どうぞ」

植木は穂乃果を奥の応接ソファに案内した。だが……。

「『先生、ヒマカ工業の円谷さんです』と声をかけると先生は起き上がり、あっちのソファに。円谷さんには『こちらにどうぞ』と。……そして私はお二人のためにお茶をお出ししようと」

やはり演技になれないからだろうか、植木はどうしてもセリフとともに行動を言葉で説明してしまう。

「お茶を淹れることも含めて、そのときと同じように。岡部さんに声をかけるところからお願いします」

深山が「用意スタート」と言い、仕切り直しだ。

「先生、ヒマカ工業の円谷さんです」

植木は岡部役の深山に声をかけ、お茶を淹れにいった。深山は起き上がり、さりげなく壁時計を見て、時間を測りはじめる。その間に、穂乃果はソファに腰を下ろした。植木は急須に茶葉を入れ、ポットのお湯を注いだ。そして二人分の湯呑みにお茶を注ぎ、お盆にのせてソファのほうに持ってきた。

「このときに見たんです。岡部先生が慌てて封筒を上着のポケットにしまうのを」

植木が言うのを聞きながら、深山は時計を確認した。

「検察の調書とまったく同じです」

穂乃果が深山に言う。

「ありのままをお話ししましたから」

植木はうなずいた。

「岡部議員はその日、どのような服を着ていましたか?」

深山は尋ねた。

「グレーのシングルだったと思います。あ、でもそのときはコート掛けにかけてありました」

「コート掛けの上着ポケットに封筒を入れているのを見た?」

「はい」

植木はうなずいた。

「岡部議員は『名刺を取りにいったのを見間違えたのではないか』と言っていました」

深山が言うと、植木は手にしていた湯呑みを応接セットのテーブルに置いた。

「そんな風には……」

そして、首をひねった。

「それと、今あなたがお茶を淹れている時間は十八秒でした」

深山は時計を指さした。

「それが何か?」

「初対面の人に会って十八秒で、お金を受け取りますかね」

深山は尋ねた。これは、岡部自身が言っていたことでもある。

「私の勘違いだったんでしょうか？」

植木は顔をしかめ、深山を見た。

「それは僕にはわかりません」

深山はそう言うと、もう一つ、疑問に思っていたことを口にした。

「ちなみに、円谷さんの弁護士はここに来たことありますか？」

「いえ、一度も来ていません」

植木がどこか取り繕うように言うのを、深山は見逃さなかった。

「……そうですか」

深山は湯呑みを手にして、お茶を飲んだ。

「普通でおいしい！」

そしていつものセリフを口にした。

＊

深山と穂乃果はそのまま愛仙市庁舎で、円谷の裁判で証言をした市職員と会うことになっていた。そして今、応接室で市職員の近藤純《こんどうじゅん》と向かい合っている。近藤はハアハアと肩で息をしている。

「大丈夫ですか？」

深山は近藤に声をかけた。

「走ってきたもんで」

マラソン好きだと言う近藤の呼吸が落ち着くのを待って、深山は今回ここに来た用件を話した。

愛仙市の市議会議員である岡部が地元の土地開発業者、円谷から五〇〇万円の賄賂を受け取り、起訴された。その際、岡部は市の担当者に不当な圧力をかけたとされていて、それが近藤なのだが……。

「ええ。確かに岡部議員とは、土地の開発について何度もやり取りしていますよ」

近藤が言うと、穂乃果がスッと手を挙げた。深山はどうぞ、と手を動かし、穂乃果に発言を促した。

「調書によると、あなたは検察に『岡部議員から、要望通りになぜできないのかと何度も言われた』と証言していますね。そういった圧力は本当にあったんですか？」

「圧力？　私が岡部議員から圧力をかけられたということですか？」

近藤はぽかんとしている。

「違うんですか？」と穂乃果が尋ねる。

「はい。圧力なんてそんな……」

どうやら話が違うようだ。

「……調書にある先ほどのあなたの証言が、裁判では、岡部議員があなたに対して不当な圧力をかけた証拠となっています」

深山は言った。

「証拠？」

近藤はピンときていないようだ。

「確認ですが、岡部議員から、『なぜできないのか』と言われたことはありますか？」

「ええ、それなら。岡部議員はまじめな方なので、依頼人にきちんと説明してあげないと気が済まないんです。だから私に対しても几帳面に、『なぜできないのか』と何度も言われましたよ」

「なるほど」

深山はじっと考え込んだ。

深山と穂乃果は市庁舎から出てきた。

「どういうことですか、さっきの」

歩きながら、穂乃果は深山に尋ねた。

「同じ会話の内容でも、調書になるとニュアンスが変わってしまうってことがある。今回の場合、岡部議員の几帳面な性格が、何度もしつこく尋ねる高圧的な性格に変わってしまったということかな」

深山はこれまでの経験をもとに、冷静に分析した。以前に担当した事件では、検察が意図的にニュアンスを書きかえたと考えられる調書もあった。

「それで圧力をかけたということに？　悪意がありませんか？」

憤る穂乃果に、深山は答えず、一人、考え込んだ。

＊

深山と穂乃果の二人が刑事事件専門ルームに戻ると、明石が穂乃果に敵意を発しながら近づいてきた。一方、内線に対応していた中塚が、深山に声をかける。

「深山先生。佐田先生が『戻ってるならすぐに来い』と」

「なんで？」

「知りませんよ。とにかくすごい勢いで」

そう言った中塚に、深山はノートを渡した。接見室や愛仙市庁舎など、今回の捜査でメモしてきたものだ。さまざまな方向に書いてある深山独特の速記のような文字を清書できるのは以前は明石だけだったが、深山がこの事務所に入って二年目に入所してきた中塚は、最初からできた。

その横では、明石が敵対視している穂乃果に、挑戦的な口調で言った。

「たかが漫画女子の貴様が深山の金魚のフンをしている間、俺は深山の指示を受けて岡部議員について調べていたんだ」

「知ってます」

だが、穂乃果もひるまない。

「深山が本当に信頼しているパートナーがどちらか、これでわかったか！」

明石は勝ち誇っているが、穂乃果は完全にスルーし、藤野に声をかける。

「長谷川さん、何かわかりましたか？」

「あ、私？　藤野です。それが、調べれば調べるほど岡部議員にとっては不利な情報しか出てきませんね……」

藤野は「長谷川さん」と間違えられたこともあっさりとスルーして、説明しはじめた。

この日の午後、藤野はある業者に話を聞きにいったのだった。

「岡部議員？　……ここだけの話、評判はあんまり良くないね。いつも偉そうだし、夜は接待しないとうるさかったしねえ」

岡部の名前を聞くと、その業者は言いにくそうに声をひそめてそう言ったという。

藤野の報告が終わると、明石が得意げに口を開いた。

「そんななか、俺の頑張りで何とか重要な情報は得られたけどな」

今度は明石が、藤野とは別の業者に会いにいったときの話をしはじめた。

「なんでもいいんです！　岡部議員の良い評判を教えてください！」

明石が頼み込むと、

「そんなこと言われてもね」

業者は困惑の表情を浮かべた。

「お願いします！」

明石は得意の土下座ならぬ〝土下寝〟をした。

商店街の組合やマンションの管理人に防犯カメラの映像を貸してほしいときなどは、この土下寝は力を発揮してきた。スライディング土下寝というスペシャルな技もある。

ちなみに初披露したのは、深山が斑目にスカウトされたとき、事務所に所属することに関心のない深山に、事務所入りするよう説得したときだ。

「いいか？　岡部議員は大の猫好きだ。どうだ？　猫好きに悪い人はいないよな？」

明石は土下寝で得た情報をどや顔で披露した。

「真面目に言ってます？　ふざけた顔して……」

穂乃果は顔をしかめ、明石を冷たい目で見ている。

「顔、関係ねぇだろ！」

明石は文句を言ったが、みんなにスルーされた。

「『検察は岡部議員の裏の顔に気付いていたんじゃないか』っていう噂もありますね。それで捜査のメスが入ったんじゃないかと……」

藤野が言う。

「うん」

深山はうなずいた。

「でも、なぜ円谷さんだけが逮捕されたんでしょうか。今の話だと岡部議員が裏の顔を見せていたのは、円谷さんに対してだけじゃないってことですよね」

穂乃果が言った。

「明石の第六感によれば円谷さんは、スケープゴートにされたんだよ。岡部議員を捕まえるための生贄だね」

明石が言ったが、またもや誰もがスルーだ。

「……円谷さんについていた弁護人、誰なのか調べてアポ取っておいてもらえるかな」

深山は穂乃果に言った。

「どうしてですか？」

「秘書の植木さんに一度も話を聞かなかったのが気になるんだ」

「わかりました」

穂乃果がうなずいたところに、佐田が憤慨しながら入ってきた。

「何してるんだ、深山！　呼ばれたらさっさと来い！」

「ああ……」

深山は、中塚から言われていたことをすっかり忘れていた。佐田のところにすぐに行かなくてはならなかったのだ。

「おまえだろ、『DASA法律事務所』に変えたのは！」

佐田は深山を怒鳴りつけた。深山は以前から、佐田の家のキャビネットに飾ってあったアルファベットの置物を『DASA』に並べ替えたり、自分のスマホに佐田を『DASA』と登録したり、しまいには佐田に向かって「DASA先生」と呼びかけていた。

「ダサ法律事務所って」

穂乃果は目を見開いている。

「やっぱり名前変えるんですか？」

藤野は佐田に尋ねた。

「今はそのことは、そのあれだ、置いといて、どういうつもりなんだ、おまえは？」

佐田は改めて深山に尋ねた。

「ＤＡＳＡですか？」

「違う！『それは置いといて』って言っただろ」

佐田がイラついた声を上げたとき、内線が鳴り、中塚が受話器を取った。

「……佐田先生、お電話です」

「後にしろ！」

佐田は中塚に言うと、深山に向き直った。

「岡部議員の件だ。どうして俺の承諾なしに勝手に受けた」

佐田も事件に関する資料を手にしている。

「これはどう考えても絶対に勝てるはずない案件じゃないか。贈賄側の有罪が確定していて収賄側が無罪になった例はほとんどない。すぐ手を引け」

「いまさら言われても、もう受けちゃったんで」

深山は飄々と言い「飴食べます?」と、佐田に勧めた。

「いらん!」

佐田は即座に断った。

「俺が所長になって最初の刑事事件で負けるわけにはいかないんだよ」

そして深山に真剣に訴えた。

「負けるも何も、まだ事実が見えてない」

だが、深山は常に事実が知りたいだけだ。

「事実が見えても、負けたら意味ないって言ってんだよ」

「意味ない?　そもそもここを潰すつもりですよね?」

深山が挑発するように佐田に迫ったとき、穂乃果がメモを見ながら近づいてきた。

「ボク、困っちゃうから、おじいさんに言ってもらおうかな」

深山は穂乃果に聞こえるように言った。すると、穂乃果はハッとしてメモを見る。その様子を見た佐田は慌てて深山を連れ出そうとした。

「絶対に守ってほしい八ヶ条の七」

深山は穂乃果に向かって言った。

「なんだよ、それは」と困惑する佐田。

「八ヶ条の七、佐田所長が師匠の邪魔をしたときは、即座に祖父に電話する」

穂乃果は高らかに宣言するかのように言うと、スマホを取り出した。

「やめろ！　余計なことをするんじゃない！」

佐田が穂乃果の手からスマホを奪おうとしたとき、

「あ、おじいさん。若月会長だよ！」

深山が階段のほうを見て声を上げた。

「そんな手に乗るか。会長はお忙しい身なんだ、そう都合よく現れるわけ……」

と、佐田も階段のほうを見ると、なんと、確かに若月の姿がある。

「若月会長！」

佐田は顔色を変えた。

「おじいさま」

穂乃果は声を落とし、駆け寄った。

「どうしていらっしゃってるの？」

穂乃果が若月に尋ねている間、佐田は急いで明石を廊下に連れ出し『刑事事件専門ルーム』と書かれたプレートの前に立たせた。明石のモジャモジャ頭に隠れて、プレートが見えなくなってちょうどいい。

「いいと言うまでここを動くなよ！　いいな」

強い口調で言い聞かせ、佐田はなんでもないように部屋の中に戻った。

「私はあくまで佐田先生に会いにきただけだ。おまえに迷惑はかけないよ」

若月が声をひそめながら、穂乃果に言っている。

「でも、こんな急に……」

穂乃果は戸惑っていた。

「ここがおまえの仕事場か」

若月は刑事事件専門ルームを見回した。穂乃果は、そんな若月の様子をドキドキしながら見ていた。

「はじめまして。若月会長。河野先生の上司の深山です。彼女は素晴らしいですね」

深山はにこやかに挨拶をした。

佐田は大慌てで室内に戻ってきて、ホワイトボードに書かれた事件概要など、刑事事件に関するものを消しはじめた。

「何してるんですか?」

中塚が佐田に声をかけた。

「おまえらも手伝え！　マネージングパートナーからの強いお願いだ！」

佐田は若月を気にしながら、小声で言った。

「これ書くの、たいへんだったんですよ」

せっかくきれいに清書した中塚は不満気だ。藤野はわけがわからず、佐田をポカンと見つめていた。

必死にホワイトボードを消していた佐田は、深山のある行動に気付いた。深山が若月に名刺を渡そうとしている。慌てた佐田は急いで二人の間に割って入り、若月が深山の名刺を受けとらないようにした。

「君は何をしているんだ」

若月が顔をしかめる。

「名刺が古いんです」

佐田は必死でごまかした。

「穂乃果の仕事場見せてもらうよ」

若月は室内を見回している。その様子を、佐田と穂乃果は慌てながら、そして深山はニヤつきながら、眺めていた。

5

翌日、深山と穂乃果、そして佐田は、刑事事件専門ルームを出て廊下を歩いていた。

「円谷さんの弁護人の名前は？」

佐田は実に機嫌が悪い。

「南雲恭平さんです」

穂乃果が答えた。

「ちょっと待って。なんでこのおじさんがいるの？」

深山は佐田を「おじさん」呼ばわりしながら穂乃果に尋ねた。いつも深山は自分の担当する事件に佐田が介入するのを嫌う。

「なんで？　負けるわけにはいかないって言っただろ。だから俺が行くんだよ」

佐田は言い張った。

「私はお断りしたんですけど、どうしても同行したいと」

穂乃果は困惑気味に、深山に訴えた。

「昨日は手を引けと言っていませんでしたっけ？」

深山は佐田に尋ねた。

「うるさい！　おまえたちだけじゃ何するかわからんからな」

佐田はきつい口調で深山を怒鳴りつけた。

「このおじさん、いても役に立たないよ」

深山は穂乃果に言った。

「そうなんですか」

穂乃果はうなずき、ノートに書き込む。

「佐田先生はいても役には立たない」

「メモるな！」

佐田は声を張り上げた。


南雲の自宅兼事務所は、下町にあった。路地を歩いていると、まるで昭和の街並みに入りこんだようだ。だが、古い家が並ぶ住宅街のすぐ向こう側には、スカイツリーがそびえ立っている。

「そこ右ですね」

穂乃果は電柱を見て、路地を右に折れた。南雲の自宅兼事務所は、木造二階建ての一軒家だ。

「ここですね」

法律事務所の看板を確認した穂乃果は、呼び鈴を鳴らした。

「都内までどれくらいかかるんですか？　佐田先生の海の家」

待っている間、深山は佐田に尋ねた。

「ラーメンとかカレー売ってるみたいな言い方すんなよ」

佐田がムッとして深山を睨んだとき、ガラガラと引き戸が開き、南雲が顔を出した。

「斑目法律事務所の方ですね。南雲です」

南雲は三人の姿を見て、穏やかに笑みを浮かべた。佐田よりいくつか年下だろうか。すらりと背が高く、どちらかと言えばスマートな印象で、この古い木造の一軒家に住んでいるというのは、なんとなく南雲のイメージとはそぐわない。

「佐田です」

佐田は名刺を出し、挨拶をした。

　南雲に案内され、三人は中に入ってきた。一階が事務所で、二階は自宅のようだ。通された一階では和室に机を置き、事務所代わりに使っている。壁の本棚には過去の事件ファイルなどがずらりと並んでいる。その雑然とした部屋で目を引くのは、壁に貼ってある子どもの絵だ。南雲のことだろうか、クレヨンで『おとうさん』と文字が書かれた似顔絵が飾ってある。

「円谷さんは賄賂を贈ったことを認めて、涙ながらに罪を認め反省していました」

　そう言いながら、南雲は応接スペースとなっている場所のイスを引き、深山たちに座るよう促した。

「なので、こちらとしては情状酌量を求める以外なかったんです。検察に対してあれこれ反論すれば、裁判官の心証を害し、かえって依頼人のためにならないと判断しました」

　南雲は説明した。

「でも、調べてみるといろいろおかしな点があるんですよね。岡部議員の秘書の方に話を聞いたんですけど、円谷さんと岡部議員は初対面でした。なのに会って早々、五〇〇万円もの現金を渡せるものですかね」

　深山は自分の考えを述べた。

「さあ。秘書の方には話を聞いてないもので」

南雲はあっさりと言った。

「なぜですか?」

深山が尋ねる。

「おっしゃっている意味がわかりませんが」

「本当に賄賂の受け渡しがあったかどうか確かめるには……」

続きを話そうとした深山を遮り、佐田が口を開いた。

「深山、悪いが正しいのは南雲先生だ。本人が罪を認めている以上、反省していることを強調して情状酌量を求めるのが被告人にとって最善の方法だ」

佐田に言われ、深山は黙った。

「お恥ずかしい話、うちは佐田先生のところと違って私ひとりでやっておりますもので。そちらから見ると至らぬところも多々あるとは思いますが」

南雲は言う。

「円谷さんにはお会いできませんかね。直接会って確かめたいことがあるので」

深山が切り出した。

「円谷さんは今や検察側の最重要の証人だぞ。公判前に接触したと検察に知られたらシャレにならん……」

佐田は言ったが、

「いえ、いいですよ。連絡を取ってみます。実は向こうも岡部議員の弁護士さんにはぜひ一度お会いしたいと言っていたので、むしろこちらから頼もうかと思ってたんですよ」

南雲はさっそく電話をかけはじめた。

「はあ？　でもこちらと円谷さん、いわば敵同士じゃ」

佐田はどうも腑に落ちない。だが電話は繋がったようだ。

「あ、円谷さん、南雲です。実は今、岡部議員の弁護人がいらっしゃいまして、これから伺っても大丈夫ですか？　はい、はい、わかりました。それでは……」

南雲は円谷の事務所に行く約束を取り付けている。

「『はあ？』は、ないな」

深山は佐田に言った。

「何がだよ」

佐田が眉間にしわを寄せ、深山を見た。

「せっかく向こうから会いたいって言ってるのに『はあ？』ってなんですか」

「いや、だって敵同士なんだから」

佐田はあくまでも主張した。

「佐田所長は会える証人にも敵だと判断すると会わない」

穂乃果はそう言いながらメモを取った。

「会わないとは言ってないだろ」

佐田が言ったとき、南雲が電話を終えた。

「十八時以降でしたら来てくれて構わないそうです」

そう言って、南雲は時計を見た。

「もう少ししたら一緒に行きましょうか」

そのとき、和室の戸が開き、制服姿の女子高生が入ってきた。

「あ、すみません」

女子高生は来客がいるのを見て、足を止めた。

「いや、大丈夫だよ。晩ご飯だろう？　いつもありがとう」

南雲が声をかけているが、いったい誰だろうと、深山たちはその女子高生を見ていた。

「娘のエリです」

南雲は娘だと紹介した。

「父がいつもお世話になっております」

エリは礼儀正しく頭を下げた。かわいらしく、真面目そうで、親から見た〝理想の娘〟

という印象だ。

「いえ、こちらこそ」

佐田が言い、深山たちもぺこりと頭を下げた。エリは南雲の机に、ラップのかかった皿を置いた。深山はその匂いが気になり、イスから立ち上がり、リュックからごそごそ調味料ボックスを出した。

「お父さん、お客さまにお茶出してないじゃん」

エリは応接テーブルを見て言うと、

「すみません、すぐに淹れます」

と、ポットのほうに行く。

「いい娘さんですね」

佐田はエリが甲斐甲斐しく働く様子を見て言った。

「ええ。いつも夕食を作って持ってきてくれるんです」

「うちも娘一人いるんですけど、料理なんて……」

佐田が言いかけたとき、深山はマイ調味料の入った赤い箱を手に立ち上がり、エリが置いた食事のほうへ歩いていった。

「家はすぐ上なんだから帰って食べればいいのに、父は『時間が惜しいから仕事しながら食べるんだ』って聞かなくって。お待たせしました」

湯呑みを持ってきたエリは、佐田に言いながら三人分のお茶を置いた。そして、南雲に言う。

「ちゃんとチンして食べてよ」

「やめろよ、お客さまの前で」

南雲は照れくさそうにしている。

「チーン。いただきマスターズトーナメント優勝、松山英樹《まつやまひでき》」

唐突に親父ギャグを発した深山は勝手にラップを取り、南雲の食事を食べはじめた。

「何してるんだ、深山!」

佐田は血相を変え、深山を怒鳴りつけた。

「ん〜……」

だが深山は佐田のことなど意に介さず、揚げ物を口にしてひとりごとをつぶやいた。

「私の料理、何かおかしいですか?」

エリは尋ねた。

「このアジフライの匂いが気になったんだけど。揚げる前の下処理が甘かったから、生臭さがちょっと残っちゃってるんだよね。でも、明日葉レモングリーンソースをかけて食べてみて」

深山はマイ調味料ボックスの中から取り出したソースを、アジフライにかけて「こうすると、ほら」とエリに勧めた。

「……おいしい！　あの、いつもそんなものを？」

一口食べたエリは感動し、そして次に深山の手元の調味料ボックスを見た。

「深山師匠の食への探求心は場所を選ばない」

穂乃果はまたまたメモを取った。

「愛情のこもった料理によくそんなことできるな……」

佐田はすっかり呆れていた。

「すみません」

そして、南雲とエリに謝った。

「いえ……」

南雲が呆気に取られている横で、エリはふと時計を見た。

「あ、ごめんなさい、もう行かないと」

エリは佐田に言った。

「ピアノのレッスンがあるんです。コンクールが近いので頑張らないと」

そして南雲に「行ってきます」と言い、バタバタと出ていった。

「まだ時間あるし、温かいうちにどうぞ」

深山はずうずうしくも南雲に勧めた。

「いや」

南雲はまだ仕事中だからか、手を付けない。

「料理に失礼でしょうが」

深山は叱りつけるように言った。

「料理に?」

我々のことはどう考えているんだ、とばかりに南雲は首をかしげた。

*

深山たちは南雲に案内されながら、円谷の事務所に向かった。

なぜか感激した様子で円谷は実に感じよく深山たちを迎えてくれた。そしてまた、なぜかその鼻には傷がある。案内された事務所の壁に演歌歌手のポスターが貼ってあった。

「改めまして、ヒマカ工業の円谷と申します」

すでに名刺交換を終えていたが、円谷は挨拶をした。

「怪しくないわけがないんデス！」

壁に貼られたポスターと円谷の鼻の傷を見比べていた穂乃果は、気仙沼で追いかけられた男の鼻にも傷があったことを思い出し、「怪しい」と思い込んだ。そして、唐突にすっとんきょうな声を上げたのだ。

「どうした？」

佐田が穂乃果に注意をする。だが、円谷はそんな穂乃果にお構いなしといった様子で、うれしそうに言う。

「ぜひ一度お会いしたいと思っていたんですよ」

「なぜ我々に会いたいと？」

佐田は尋ねた。

「ああ。私、今度、岡部先生の裁判に呼ばれておりまして、立場上、岡部先生にご迷惑のかかることを言わなくちゃならないんです」

そう言うと円谷は佐田に近づいてきて、言葉を続けた。

「しかし、岡部先生にはいろいろ一生懸命やっていただいて、本当に感謝してるんです。そこのところ、ぜひ先生に伝えておいてはいただけないでしょうか」

「いや、こちらとしましては、感謝されても困るんで。岡部議員はお金など受け取っていないとおっしゃってるんです」

「ああ！　そうなんですか。じゃ、私も『渡してない』と言っておいたほうが……」

円谷は南雲を見た。

「円谷さん、それはダメですよ。偽証罪と言ってね、罪に問われることになります」

南雲が厳しい口調で言う。

「円谷さん、あなたが岡部議員に五〇〇万円を渡したときのことを伺ってもいいですか？」

深山は尋ねた。

「もちろんです。でも、変わったことはしてませんよ。『岡部先生、今回はちょっとお願いがあって参りました。ま、おひとつこれを』とこのように……」

円谷はそう言いながら、金の入った封筒を差し出す手つきをした。

「ちょっと待ってください。あなた、『ま、おひとつこれを』と言いながら五〇〇万円も入った封筒を差し出したんですか？」

佐田は円谷を疑いの目で見た。

「それはそうでしょう。長年つきあっている相手ならともかく初対面の人にものを頼むわけでしょ。いきなり手ぶらじゃ失礼かと思いまして」

「しかし、五〇〇万ですよ。しかもこれは犯罪だ」

「そうなんですよ。お恥ずかしい話、私、そんなこと全然知りませんでね。あとから母に話したら『おまえ、それは犯罪だ』って言われまして、びっくりして警察に相談したんです」

　悪びれる様子もなく言う円谷を、深山はじっと見ていた。

「で、『おひとつこれを』と言って差し出されたんですか。岡部議員は、差し出された封筒をどうしたんですか？」

　佐田は尋ねた。

「ちょっと秘書の方のほうを窺《うかが》うような様子がありましたかね。で、すぐに上着のポケットに……」

　そう言うと、円谷は自分の懐《ふところ》にしまう動作をしてみせた。

「でもその上着は……」

　コート掛けに、と穂乃果が言いかけたとき、

「上着の内ポケットに……」

　と深山がすぐにかぶせて言った。

「はい」

円谷がうなずく。

「五〇〇万って入るかなぁ？　五〇〇万も」

「あ、前のポケットだったかな。確か、左側。最近、物忘れがひどくて」

円谷は笑った。

「いや、さすが弁護士先生。あやうく裁判で間違ったことを言うところでした」

そう言いながら円谷は深山を見る。だが深山も、佐田も、穂乃果も、円谷を訝《いぶか》しげな目で見ていた。そして、深山がそっと南雲のほうを見ると、南雲も深山たちを見ていた。

深山たちは円谷と一緒に、事務所の外に出てきた。

「私はここで」

「わざわざありがとうございます」

南雲は円谷に見送られながら、一人、元来た方向に歩きだした。

深山たちもまた、円谷に挨拶をして別れ、南雲とは別方向に歩きだした。しばらく歩き、円谷の事務所から離れてから、穂乃果が口を開いた。

「証言が食い違ってますね」

「発言には気をつけてね」

深山は注意した。先ほど穂乃果は「上着がコート掛けにかかっていた」と言いそうになったので、深山が慌てて言葉をかぶせたのだ。

「すみません」

円谷の事務所で危うく彼の発言の矛盾をついてしまいそうになった穂乃果は、肩をすくめた。

「どういうことだ？」

佐田が深山たちを見た。

「岡部議員も秘書の植木さんも『上着はコート掛けにかけてあった』と言ってたんです」

穂乃果が答えた。

「何？」

佐田は眉根を寄せた。

「法廷でそこをつけば勝てるんじゃないですか？」

穂乃果は目を輝かせた。

「トランキーロだ」

佐田は言った。

「え？」

穂乃果はわけがわからず目を丸くしている。「トランキーロ」とは以前、斑目法律事務所にいたプロレスファンの女性弁護士、立花彩乃《たちばなあやの》がよく言っていた言葉だ。ちなみにこの元ネタもプロレスラーの内藤哲也がリング上などで使うスペイン語で、日本語でいうと「焦るなよ」ということだ。佐田もはじめは意味がわからなかったが、今はよく使っている。

「口裏を合わせられたら、そこまでだ。円谷社長も、秘書の植木さんも検察側の証人だということを忘れるな」

そう言うと佐田はスマホを取り出し、電話をかけた。

「落合か？　すぐに調べてほしいものがある」

＊

翌朝、佐田は自宅のプールサイドで、妻の由紀子《ゆきこ》と娘のかすみと一緒に朝食を取っていた。今の時期は気温の低い日もあるが、この日は暖かく、心地がいい。

「ごちそうさま」

佐田はプールに浮かべたクルーザーのラジコンを動かしはじめた。

「南雲って弁護士はともかく、いやあ、娘さんはお父さん思いの実に良い子だったよ」

佐田は言ったが、かすみはスルーしている。

「なあ、かすみ」

「あなた」

由紀子が佐田をたしなめた。

「かすみ！」

だが、佐田は由紀子が発したサインを無視してかすみの名を呼んでしまった。

「パパってさ、仕事はできるのかもしれないけど、父親としてはサイテー、サイアク」

かすみは佐田を睨みつけた。

「どういうことだ？　パパはかすみのことを心から……」

「私、来月この家を出るって決めたから。彼氏と同棲しようと思ってる。ごちそうさま」

かすみは席を立とうとした。

「同棲？　そんなの聞いてないぞ！」

佐田は声を荒らげた。

「私が許可したの」

由紀子が言う。

「なに!?」

「行ってきます」

かすみは立ち上がり、階段を上がっていった。

「待ちなさい！　まだ話は終わってない！」

佐田の声は、かすみには届かない。

「いつ、あんなことを許可したんだ？」

佐田は由紀子を見た。

「かすみ、昨日誕生日だったんだけど」

「昨日⁉　誕生日⁉」

操作を失敗し、ラジコンがプールサイドにぶつかった。

「あなたとはもう一緒にいたくないんだって」

「い、いやこれはあれだ。ほら、昨日は仕事で遅かったから、今日改めて祝おうと思っていたんだ、俺は……」

佐田は言い訳をした。そういえば誕生日だから早く帰るように言われていたが、うっかりしていた。

「説明になってない」

由紀子は言った。このセリフが出るときは、相当怒っている。

結婚記念日を忘れてクライアントと会食し、夜遅く帰宅したときもそうだった。家族旅行の出発前に、担当している案件が気になっていたときもそうだった。そのうちにかすみにも同じセリフを言われるようになった。

「かすみ！　ごめん！　これには深いわけが」

佐田は二階に向かって大声で叫んだ。

「説明になってない！」

階段の上から顔を出したかすみに、やはり言われてしまった。

「かすみ！　かすみ……」

どうにか取り繕おうとしたとき、電話が着信していることに気付いた。落合からだ。

「あ、もしもし」

佐田は電話に出た。

「あなたって本当にサイテー、サイアク。他の娘さん褒める暇があったら自分の娘のこと考えてよね」

由紀子がぶつぶつ言っているのを気にしながら、気落ちして佐田は電話の内容に耳を傾けた。

「……なに？」

だが、電話の向こうの落合の言葉に思わず仕事モードになった佐田は、眼光が鋭くなり思わず声を上げてしまった。

そんな佐田の様子を見ていた由紀子は腹が立ち「なによ！」と叫んだ。

「いや、これは仕事上の」と佐田はまたしても言い訳をするが、

「説明になってない！」

由紀子とかすみが同時に佐田を責め立てた。

＊

刑事事件専門ルームのメンバーたちは、今回の事件の概要がびっしりと書かれ、関係者の写真が貼られたホワイトボードの前に集まっていた。

「ありがとうございます、六角さん」

穂乃果が刑事事件専門ルームのメンバーには存在しない名前で話しかけると、言われた男はこう返した。

「藤野です」

この間も「長谷川」と呼ばれた藤野は、またもや淡々と訂正した。穂乃果が本気なのか冗談なのかは定かではない。そんな穂乃果を、落合がじっと見つめていた。

「……可愛い」

落合はしみじみ言った。落合は女性弁護士がタイプなのか、単にほれっぽいのか、かつては彩乃にも舞子にもデレデレしていた。

「おい。はじめなさい」

佐田に急かされ、落合はハッとして説明をはじめた。

「失礼しました。佐田所長から連絡を受け、私の法曹業界のネットワークを使って情報を集めたところ、極めて面白いことがわかりました。円谷耕三には詐欺の前科があったんです」

「え……？」

穂乃果は声を上げた。

「円谷耕三には詐欺の前科があったんだ」

落合は穂乃果を見つめ、格好をつける。

「二回言わなくていい」

佐田に言われ、落合はホワイトボードの相関図を示しながら続けた。

「さらに、円谷が岡部議員に渡したという五〇〇万円の出どころにも不自然なところがありました。賄賂の受け渡しがあった日、円谷は岡部議員の事務所を訪れる前に、取引相手である戸部子《とぶこ》開発の事務所に立ち寄っていました。仕事に必要な図面を受け取るためです。円谷はそのとき、戸部子開発の倉持《くらもち》社長から五〇〇万円を現金で借りており、そのことは倉持社長も認めています」

落合の話を聞き、佐田は顔をしかめ、穂乃果は驚きを隠せずにいた。そのなかで、深山は冷静な顔つきだ。そして、落合は続ける。

「しかし円谷は、その時点ですでに戸部子開発から一千万円の金を借りており、資金調達に失敗してそれをいまだ返せずにいます」

そこまで言うと落合は穂乃果を見た。

「円谷は資金調達に失敗して」

大切なことは二回言う、とばかりに穂乃果に言った。

「いいから！」

佐田は再び落合を制した。

「なるほど。そんな相手からさらに金を借りられるはずなどないな」

佐田が言うと、

「南雲先生はそこを疑問に思わなかったんですかね」

藤野が首をひねる。

「そのようですね。ちなみに、円谷の会社の顧問弁護士が南雲に代わったのはつい最近のことです」

落合は言った。

「あの弁護士、ただの無能なのか。それとも……」

佐田はホワイトボードに貼られた南雲の写真の前に立って考え込む。

「臭うな」と突然言いだしたのは明石だ。続けて「臭うと言えば」と、明石は穂乃果の匂いを嗅いだ。

「風呂入ってんのか、同じ服着て」

明石は顔をしかめた。

穂乃果は深山に注意された紺色のスーツはすでにやめていて、今は白地ベースに黒い花模様の柄が入ったシャツに、紺色のテーラードジャケットを羽織っている。だが、毎日同じ服装だ。

「師匠を見習って同じ服を一週間分買ったんです」

穂乃果は得意げに言った。

「南雲さんに代わる前の、円谷さんの会社の顧問弁護士に話を聞きたいですね」

深山は言った。

「確認します」

穂乃果が張り切って言った。

「こ・の・ひ・と・だ・よ」

落合は自分の有能さをアピールしたいのか、スタッカートで強調するように言いながら、穂乃果の前に一枚の紙をかざした。

6

深山と穂乃果と佐田は、北野《きたの》法律事務所に向かった。そして、落合が調べた弁護士、北野道昭《きたのみちあき》と会っていた。

「旧姓、大島?」

佐田は北野に尋ねた。

「二年前に検察を辞めまして、それを機に婿養子に」

「ヤメ検ですね」

そう言う佐田もヤメ検だ。

「あのときはお世話になりました……って、お世話になりましたっけ? あの、何か、どうぞ」

なぜか慌てて、北野は意味深なことを深山に言う。だが……。

「知り合いか?」

と佐田が深山に尋ねると、

「全然」

深山は平然と答えた。北野は何か勘違いしたのだろうか。ともあれ、本題に入った。

「もともと、円谷さんは融資詐欺の疑いで、水面下で検察から追及を受けていたんです。金額も大きく、有罪となれば実刑は免れない状況でしたが、詐欺罪が成立するかどうかは微妙なラインでした」

北野は円谷の顧問弁護士をしていた頃のことを思い出しながら話した。

「微妙なライン？」

穂乃果が尋ねた。

「最初から返すつもりもないのに金を借りたら詐欺罪となる。だが、返すつもりで借りて返せなくなったのであれば、単なる民事上の債務の不履行にすぎない」

民事のプロである佐田は穂乃果に説明した。

「じゃあ円谷さんは、返済の意思はあった、と主張したということですね」

穂乃果の問いに、北野はうなずいた。

「しかし、裁判となれば詐欺の前科のある円谷さんが不利になることは明らかでした。担当だった検察官もそこにつけ込もうと考えていたようです」

「それで、なぜ顧問弁護を南雲さんと代わることに?」と今度は深山が尋ねる。

「私では力不足だと思ったからです。そこにちょうど、円谷さんが『別の弁護士に頼みたい』と言い出したので、私も了承しました」

「その弁護士が、あの南雲先生だったと……」と佐田が納得したように言った。

「はい。しかし、そこからが妙なんです」

「というと?」

矢継ぎ早に穂乃果が尋ねた。

「顧問弁護士が南雲さんに代わってからというもの、検察の追及がピタリと収まったんです」

「それはいつですか?」という深山の質問に、北野は「去年の九月ごろです」と答えた。

「岡部議員の収賄疑惑が持ち上がったのも去年の九月。ちょうど同じ頃だ」

佐田の言葉に、深山も穂乃果も考え込んだ。

＊

刑事事件専門ルームに戻った三人は、さっそく新たな事実をホワイトボードに書き込んだ。登場人物も多くなり、ここにきて、さらに相関図は入り組んできた。そして、いつものようにメンバーたちはホワイトボードの前に集まり、会議がはじまった。

「円谷は、岡部議員に対するありもしない贈賄事件を告白する代わりに、検察から融資詐欺を見逃してもらった可能性がある」

佐田は言った。

「円谷にしてみれば、贈賄事件だけなら罪も軽く執行猶予がつく可能性が高い。検察官にしてみれば、ただの一介の土地開発業者にすぎない円谷を挙げるより、注目の若手政治家である岡部を挙げたほうが大きな手柄となる。両者の利害が一致したというわけだ」

佐田が言い終わると、穂乃果がノートに書いたメモを読みながら挙手した。

「はい、どうぞ」

佐田が発言を許可した。

「そもそも岡部議員が腹黒い人間であるという噂は地元の業者たちが故意に立てたもののようです。市政を刷新しようという岡部議員のやり方は、古い地元業者たちにとっては都合の悪いものだったようですね」

穂乃果はメモを読み上げた。

「おまえ、そんな情報どこで仕入れたんだ？」

明石は穂乃果につっかかった。

「自分でも驚くほど顔が広くて。業界に明るい友だちがたくさんいたんです」

穂乃果は得意げに言うが、それを聞いた佐田はぼそりとつぶやく。

「……どうせ若月会長の人脈だろ」

そんな佐田の嫌味も場の空気を変えることなく、藤野が分析をはじめた。

「検察は岡部議員と地元業者の軋轢《あつれき》を知って、それに乗っかった。被告人と検察の間で違法な取引があったというわけですね」

藤野はそう言った後「なんかまともなこと言っちゃった」と、自分で驚いている。

「しかしとんでもないやつだな、その検察官！　岩城だっけか？　花は桜木、木は岩鬼」

明石は円谷の贈賄事件の検事・岩城の名前から連想して、『ドカベン』に登場するキャラクター・岩鬼正美《いわきまさみ》のセリフを口走っていた……つもりだった。

「男ね」

藤野が『木は岩鬼』じゃなくて『男は岩鬼』だ、と冷静にツッコんだ。

「いや、そのすべてを仕組んだのは南雲かもしれんぞ。やつが弁護を担当した途端、円谷の融資詐欺の話が消え、岡部の収賄疑惑がもち上がったんだ」

佐田は言った。

「From《フロム》 the《ザ》 situation《シチュエーション》！　岡部議員が無実であることは火を見るよ

り……ビシ！　明らかナンデス！」

穂乃果は手のひらを上にして片手を突き出し、人さし指と中指を二本立て、ポーズを決めながら芝居がかった口調で言った。相変わらず決めゼリフどころか効果音まで全部自分の口で再現している。もちろんこれも『ロボット弁護士B』の何かを真似しているのだろう。

「うるせえなあ」

明石は穂乃果を見て顔をしかめたが、

「でも勝ったも同然だな」

と、安堵の表情を浮かべた。

「そんなに簡単にはいかないと思うけど。というか、すごくまずい状況だ」

それまで沈黙を保っていた深山は突如、警告の言葉を発した。

「……？　なぜですか？」

「なんで？」

穂乃果と明石は深山を見た。

「手を組むはずのない、本来敵であるはずの検察と被告人ががっちりとスクラムを組んでいるんだからな。円谷は証人として呼ばれた岡部議員の裁判でも、同じように賄賂を渡したことを涙ながらに告白するだろう。あのキャラクターだ。たぶん裁判官も惑わされるだろう」

深山の代わりに答えたのは佐田だった。

「そして、そのすべてを弁護人が仕組んでるとしたら、あんないい娘さんがいるのにとんでもない弁護士だな……。いや、だんだん腹が立ってきた。同じ弁護士として許されない。あるまじき行為だ」

あの日、自宅兼事務所から円谷の事務所まで案内してくれた南雲は、スマートで落ち着いた声でしゃべり、仕事熱心で、愛する一人娘と共に暮らすといういかにも善人というイメージだった。だが、調べれば調べるほど、司法の敵というイメージに変わってくる。もちろん、佐田たちの推理が合っていれば、の話だが。

エキサイトする佐田を横目に、また深山は黙って考え込んでいた。

*

南雲に対する怒りを隠そうともしなかった佐田は、翌日、南雲の事務所を訪ねた。前回の訪問同様、一階の和室を事務所にしたスペースで佐田は南雲と対峙していた。

「佐田先生、いかがされました。一流事務所の所長様がこんなところへ何度も……」

南雲はお茶を出しながら尋ねた。

「南雲先生。単刀直入に申し上げます。私たちは、あなたが仕掛けたからくりに気付いたんです」

佐田が切り出す。

「は？」

「たいへん申し上げにくいんですが、あなたは検察官をそそのかし円谷さんの融資詐欺を見逃してもらう代わりに、岡部議員への贈賄をでっち上げさせた。違いますか？」

あんたの化けの皮は全部はがれているんだよ、とでも言わんばかりの勢いで佐田は迫る。

「ひどい言いがかりですね……ただ、もし仮にそうだとして、何か問題でも？」

南雲は佐田に問いかけた。南雲の意外な言葉に佐田は少し戸惑う。

「それは、どういう意味でしょうか？」

「融資詐欺で挙げられたら、円谷さんはおそらく実刑は免れなかったでしょう。贈賄で十分な反省の色を見せたので執行猶予が付いた。私は被告人のために最善を尽くしただけです」

「あなたのせいで、無実の岡部議員は有罪にされようとしているんですよ！」

佐田は南雲のあまりの言いように怒りを爆発させた。そして、「同じ弁護士としてわかるでしょ！」と言葉を続けた。

そのとき、この一軒家の二階から出かけようと階段を下りてきていたエリが足を止めた。佐田の激しい声が聞こえてきたのだ。

だが、事務所スペースにいる佐田と南雲はエリの存在に気付くわけもなく、話し続けた。

「有罪かどうか決めるのは私じゃない、裁判所でしょう」

南雲はあくまでも冷静だ。

「そんなものは詭弁というものです。あなた、誰に対しても、たとえば娘さんに対しても同じことが言えるのか？」

「娘は関係ないだろ！」

唐突に、南雲は怒鳴った。エリの話題を出された途端に熱くなり、語気を荒らげてしまったのだ。佐田も南雲と会うのはまだ二回目だが、静かで冷静なイメージの南雲の豹変《ひょうへん》ぶりに少し面食らっていた。

また、階段で立ち止まって聞いていたエリは、その南雲の怒りの言葉を聞いて、さらに動けなくなってしまった。

だが、壁を隔てた事務所スペースでは、南雲はすぐに冷静さを取り戻していた。

「あなたも私と同じでしょう。あなただって依頼人のためならどんなことだってやるはずだ。違いは一つだけ。あなたはそれで大金持ちになり、私はこうして貧乏なままだ」

南雲の言うように、確かに佐田もこれまでずっと依頼人の利益を優先してきた。だが、しかし……。

「わかりました。どうやら無駄足だったようですね。我々は我々のやり方で依頼人の利益を守ります。失礼します」

佐田は南雲を睨みつけ、事務所を後にした。


だが、佐田が部屋を出るとすぐに、階段にいたエリが慌てて身を隠そうとしていたところに遭遇した。エリは佐田と鉢合わせしてしまい、ビクリと体を硬直させている。

「ああ、エリさん」

佐田はごまかすように、作り笑いを浮かべた。

「お父さんにちょっとした用事がありまして。では失礼します」

「……あの」

エリに呼びかけられ、佐田は振り返った。

「すこしお話いいですか？」

その真剣な表情にただならぬ気配を感じ、佐田はエリと二人で家を出た。

＊

エリは隅田川のほとりにある、スカイツリーがよく見える公園に入っていき、足を止めた。佐田も立ち止まるとエリが口を開いた。

「……父との話、聞いてしまいました」

やはり聞かれてしまったようだ。佐田は黙り込んだ。

「父は悪いことをしてるんでしょうか？」

「いやいや。私とお父さんでは、弁護士としての考え方が少し違ってて……それでちょっとね」

慌てた佐田はなんとかごまかそうとした。

「私にとってはすごく優しい父なんですけど……」

エリはそう言って、しばらくうつむいた。佐田がエリの言葉の続きを待っていると、エリは意を決したように顔を上げた。

「父は……血の繋がった父親ではないんです」

「えっ？」

「本当の両親は私が小さい頃、早くに亡くなってしまったらしくて、私を引き取って育ててくれたんです」

「そう、そうなの……」

「実の子のように大切に育ててもらいました。男手一つで、仕事も忙しかったのに、私のワガママにもつきあってくれて、ピアノまで習わせてもらって」

　エリはふっと笑みを浮かべた。

「私、本当に父が大好きなんです」

　なるほど、だから南雲は佐田がエリのことを持ち出すと「娘は関係ないだろ！」と激昂したのだろう。

「君みたいな素敵な娘さんがいて、南雲くんは幸せだなぁ」

　佐田は心から言った。

「……でも、ときどきものすごく暗い顔で悩んでいるときがあるんです」

「こういう仕事をしていると、よくあることだよ」

　佐田だってそんなことはしょっちゅうだ。

「そうだ、君に私の連絡先を渡しておこう」

そして、名刺を差し出した。

「私にも君と同じくらいの年の娘がいてね。何かあったらもしかしたら相談に乗ってあげられるかもしれない。もっとも私は娘の誕生日も忘れちゃうようなダメな父親だけどね」

佐田はふっと笑った。

「ありがとうございます」

名刺を受け取ったエリも、笑顔になった。

*

佐田が帰り、エリが出かけた後、南雲は一人事務所で、考え込んでいた。そして、その脳裏には忘れることができない法廷のシーンが、また映像のように浮かび上がってきた。


二〇〇七年、六月十四日――。

南雲は東京地裁の法廷にいた。そして弁護人席から、被告人に判決が言い渡されるのを聞いていた。

「以上のとおり、被告人の刑事責任は極めて重いものであります。一般予防の見地としても、被告人に対しては極刑を選択せざるを得ない」

裁判長は言った。

「それでは判決を言い渡します。主文、被告人を死刑に処する」

判決を聞いた被告人の山本貴信《やまもとたかのぶ》は絶望し、その場に崩れ落ちた。

南雲も全身から血の気が引いていくのを感じていた。

これまでに何度も何度も繰り返された映像が、南雲の頭の中で再生されていた——。

＊

穂乃果は刑事事件専門ルームで『ロボット弁護士B』を読んでいた。

「検察と被告人が手を組むなんてことがあるんですね。『ロボット弁護士B』なら、Bとロボット検事ケーンが協力し合うこともあるのに」

穂乃果はつぶやいた。

「それ、娘が読んだから知ってんだ」

藤野は言った。

「なに、田舎のおやじみたい」

明石が茶々を入れていると、中塚も話しはじめた。

「新日本プロレスなら、オカダとSANADA《サナダ》が協力してEVIL《イービル》と戦うみたいな」

今日も、中塚の例えはプロレスがらみだ。いつもは別のユニットで敵対しているオカダ・カズチカとSANADAという選手がタッグを組んで戦う……という、つまりは普段ならばあり得ない、という意味だ。

以前には、法務省に出向して同僚だった仲間が、それぞれの部署に戻って、同じ法廷で検察官と裁判官になることもあるというケースで、「裁判官が秋山《あきやま》選手で、検察官が永田《ながた》選手ということか」と、プロレスラーの名前を挙げて例えたことがあった。当時、秋山準《あきやまじゅん》は全日本プロレスに所属していた。でも新日本プロレスの永田裕志《ながたゆうじ》とタッグを組んでいる。二人は仲良しだ。もちろん、そのときも中塚以外のメンバーは、その例えがまったくわかっていなかった。


そこに、佐田が見るからに不機嫌な表情で戻ってきた。

「佐田先生、おかえりなさい」

中塚が声をかけた。

「南雲先生は説得に応じたんですか？」

「予想通り、しっぽ出しやがった」

先ほどまでエリに見せていた表情とは大違いで、佐田は吐き捨てるように言った。

「だから、『こちらはこちらのやり方で依頼人の無実を証明してみせる』とはっきり言ってきた」

そして憎々し気に、顔を歪めた。

「なんの証拠もなしに」

深山は佐田に茶化すような言い方をした。

「それってできなかったとき、一番かっこ悪いことじゃないか」

明石も深山に同調する。

「だから俺は、こんな事件、最初から受けるなって言ったんだ」

佐田は相当イラついている。

「どっちなんですか」

深山は言った。佐田が南雲に対して熱くなっているのか、さっさと手を引きたいのかよくわからない。

「俺のような立派な人間が娘から嫌われて、どうして、あんなこずるい弁護士が娘から慕われるんだ？」

佐田はまたもや的外れな怒りを煮えたぎらせている。

「立派な弁護士が立派な父親になるとは限らない」

藤野が達観したように言う。

「ぐぅ……」と佐田はうなった。

「あっ、ぐうの音」

「ぐうの音も出ない」と言うが、まだ佐田には「ぐうの音」を出す余裕はあるようだ。

中塚は感心して言った。

「深山！」

旗色が悪くなった佐田は、八つ当たりするように深山を呼んだ。

「なんですか」

深山は相変わらず、佐田と違って冷静だ。

「あの南雲という男には何がなんでも勝つ必要がある。負けは許さんぞ！」

「あ、責任転嫁」

明石がツッコんだ。

「うるさい！」

佐田はイライラをまき散らしている。

「Ｃｏｏｌ《クール》　ｄｏｗｎ《ダウン》！　佐田所長。疑問なのは、借金返済を巡ってもめていた戸部子開発が、どうして円谷さんにさらにお金を貸したのかってことですよね」

穂乃果はホワイトボードを示しながら言った。

「だから、つじつま合わせの嘘なんじゃないの？」

深山はあっさり言った。

「嘘？」

中塚が首をかしげていると、深山が推理をはじめた。

「検察としては、賄賂の受け渡しのあった日、円谷さんがどうやって五〇〇〇万円もの現金を調達したのかを調書に書く必要があった」

「確かに捜査資料には、円谷さんがあらかじめ金融機関から金を下ろした形跡はありませんでしたからね」

藤野が深山の描く筋書きに乗ってくる。

「だから検察は、事件当日、円谷さんが岡部議員の事務所に行く前に唯一会った人物、戸部子開発の倉持社長から借りたことにしたんだ。倉持社長は円谷さんのことを良くは思っていなかったけれど、岡部議員を排除したいという点では利害は一致していた可能性はある」

深山は、自分がまとめた考えを口にし終えた。

「だから倉持社長は検察の誘導に応じて、その日たまたま図面を取りにきた円谷さんに五〇〇万円を貸したと証言した……確かにつじつまは合いますね」

穂乃果も納得し、うなずいた。

「ちょっと待て。円谷が岡部議員に渡したという五〇〇万円はそもそも存在していないってことになるじゃないか」

佐田は深山を見た。

「そうなりますね」

「おいおい、ないものをあるって、どうやって証明するんだ。倉持社長は、法廷で聞かれれば『金を貸した』と絶対に証言するぞ。そんな証言があったらどうしようもない。見つかっていない五〇〇万円を『そもそも存在していませんでした』とこっちが証明するのは事実上不可能に近い。なんだっけ、あれ……ひぐまのションベンみたいな……」

佐田は一気にまくし立てたかと思うと、考え込んだ。

「Ｄｅｖｉｌ'ｓ《デビルズ》　ｐｒｏｏｆ《プルーフ》……悪魔の証明です」と穂乃果が言った。

していないこと、存在していないことの立証を求められる……つまり、証明することが不可能に近い事象が悪魔に例えられる。「この世に悪魔など存在しない」と言うならば、それを証明してみろ、という論法だ。

「しかも今回の場合、検察側と円谷さんがグルになっているし、周囲の人たちもすべて口裏を合わせています。第一、円谷さんが賄賂を渡していないのなら、どうしてわざわざ渡したと言って罪を被るのか、と裁判官はそう考えるでしょうね」

深山はどこか他人事のような冷めた口調で言う。

「だから言ったんだよ、俺は」

佐田はまたブツブツ言いはじめた。

「おいおい。どうするんだよ、深山～！」

明石は急に、危機感を覚えたようだ。

「なかったことの証明……」

穂乃果が考え込んでいると、深山はハッと思いついたように言った。

「ねえ……岡部議員の事務所の廊下に防犯カメラついてた気がするんだけど」

「ありましたっけ？」

穂乃果が顔を上げて、深山を見た。

――数時間後、刑事事件専門ルームのメンバーは、愛仙市から借りてきた防犯カメラの映像を見ていた。

防犯カメラの映像は二つあり、一つは、議員たちが出入りする建物の入口付近の待合スペースの映像が映っている。

何人か出入りがあるなか、奥から円谷が歩いてくる。

ソファに座り、持っていたクラッチバッグを置き、スマホを出して、どこかに電話をかけはじめる。

そして相手が出ると立ち上がってうろうろしながら話し、電話を切って時計を見ると、中に入っていった。

「……なんか変だな」

深山はふと、つぶやいた。

「何がですか?」

穂乃果が尋ねた。

「これ、岡部議員に会う前だよね。電話に出るからといって、五〇〇万円が入ったバッグ、こんなところに無造作に置くかな」

電話する円谷の傍らにはクラッチバッグが放置され、円谷は完全に目を離し、注意を払う様子はない。

「確かに。僕なら大事に抱えますね」

「わざわざ借りたお金ですもんね」

藤野と中塚がうなずきあった。

「五〇〇万だぞ、怖くて置いておけないよなあ」

明石も力強く同意した。

続いて深山は、もう一方のカメラの、岡部の部屋の前の廊下の映像を見た。
円谷はドアをノックして入っていき、五分後に出てきた。
人の往来もある。
そしてまた円谷はスマホを取り出し、電話で誰かと話していた。
深山はその映像と、先ほどの岡部の部屋に入って行くときの円谷を見比べた。そして
また考え込んだ。

*

同じ頃、南雲は都内のホテルのラウンジにいた。コーヒーを運んできたウェイトレス

が去っていくと、南雲は向かい側の男に言った。

「安心してください、岩城さん。円谷さんの証言があるかぎり、我々が負ける心配などありませんよ」

待ち合わせていたのは、円谷の贈賄事件の担当検事である岩城だ。そして、岡部の収賄事件も担当している。

「わかっている。しかし、市議会議員クラスの人間を起訴した場合、もし有罪にできなければ私ひとりの責任では済まないんだからな。万が一のことがあっては困るんだ」

「いいですか。ここまで周りが固まっている以上、もはや彼ら弁護人のほうが金銭の受け渡しがなかったことを証明しなければ、裁判所も無罪にはできないでしょう。なかったことの証明なんて、どう考えても不可能ですよ」

「そりゃ、そうだな……」

岩城は一応、納得してはいるが、どこか不安げだ。

「こうして会うのも控えたほうがいい。私たちの関係、上に知られるわけにはいかないでしょう?」

「木は森に隠せ」ではないが、ある程度は人目があるほうが逆に目立たないと思ってホテルのラウンジを選んだのだが、確かに気を付けるに越したことはない。

「あたりまえだ。それだけは……」

「だったら十分に気を付けてください。私とあなたは、同じレールに乗って走り出した一蓮托生《いちれんたくしょう》の関係なんですから」

南雲は念を押した。

＊

その夜、穂乃果と明石、そして中塚は『いとこんち』にいた。今日もさまざまな客がこの店にはやってきそうだ。

早速、「ゼア！」とお得意の敬礼ポーズで入ってきたのはプロレスラーの永田裕志だ。続いて、「きちゃったぞ、バカヤロー」と言いながら入ってきたのは、こちらもプロレスラーの小島聡《こじまさとし》だ。自身の決め台詞「いっちゃうぞ、バカヤロー」をもじった入店の挨拶である。そんな彼らに応対するのは、プロレスファンの中塚だ。

「お疲れさまです。大将、買い物行ってるんでちょっと待っててくださいね」と中塚はまるで店の従業員のように、二人をテーブル席に案内した。

「あー、そーなんだ。田口《たぐち》にうまいって言われたから」永田が言うように、この店には以前、田口隆祐《たぐちりゅうすけ》も来たことがある。そして、内藤哲也や真壁刀義《まかべとうぎ》、棚橋弘至《たなはしひろし》などなど、もはや数えきれないほどの現役プロレスラーたちが飲みにきている。なぜなのかは一向にわからないが、プロレスラー御用達の店でもあるのだ。

一方、深山はいつものように厨房に入り、今回の事件についての考えを巡らせながら料理を作っていた。

「円谷さんは岡部議員に賄賂を贈ったことを認め、すでに刑は確定している」「渡したとされる五〇〇万円自体は見つかっていない」「円谷さんが融資詐欺を見逃してもらう代わりに虚偽の証言をしていたとしたら」「防犯カメラに映っていた円谷さんのバッグには最初から五〇〇万円は入っていなかったことになる」「五〇〇万円がなかったことの証明をするにはどうすれば……」

さまざまな言葉が深山の頭の中を駆け巡る。

さらに深山は手を動かしながらも、円谷が岡部の事務所のある建物に入るときと、出ていくときの二つの映像を、頭の中で再生していた。

あのとき、クラッチバッグは無造作に置かれていた。それはやはり、おそらく五〇〇万円が入っていなかったからだろう。だが決定づける証拠はない。ないことの証明、悪魔の証明が必要なのだ――。

考えに耽《ふけ》っている深山を、穂乃果はカウンター席からじっと見ていた。そして、横に座っていた明石のほうを向いて言った。

「明石パイセン！　質問があります。深山師匠は、親父ギャグ好きなんですか？　この前急に言ったんでびっくりしました」

「そんなことも知らないのか。あれはな、事実を証明する決定的なヒントが見つかったときに思わず発するんだよ。メシ食うときは別な」

明石は得意げに説明した。

「なるほど！　アザース」

穂乃果は嬉々としてメモをした。そして、ふと上を向くと壁に松本零士《まつもとれいじ》のサインがあることに気付いた。

「え？　松本先生、来てるんですか？」

「メーテルと一緒にな。プロレスラーだけじゃなくて漫画家の先生もけっこう来るんだよ」と明石は答えた。三年前、八十歳の大誕生日会を抜け出して、メーテルの格好をした女性と来店したのだ。

「マジで？」と穂乃果は大きな目をさらに見開いた。その目はキラキラ光っている。さすがは「読書が趣味」なだけあり、『ロボット弁護士B』以外の漫画にも食いつきまくりだ。

「たとえば桂先生だろ？」と明石は、つい先日も佐田の就任パーティーで店を貸し切ったときに偶然やってきていた桂正和の名前を挙げた。

「ウイングマン！」穂乃果は即座に作品名を叫ぶ。

「山田《やまだ》先生だろ」次に明石が挙げたのは山田貴敏《やまだたかとし》のことだ。アフロのかつらをかぶって食事をしにきたのだが、やはり仕事中だったので、漫画アシスタントのほうの棚橋に連れ戻された。

「ドクターコトー！」穂乃果はすっかり興奮している。そして「稲木《いなき》とおる先生は？」と聞いたが、「誰だそれ」と明石は首をかしげた。

「大将が帰ってくる前に、アメリカ用のTシャツのデザインなんですけど」と、プロレスTシャツのデザインもしている中塚が永田と小島に新デザインを見せた。

「ＳＨＩＲＯＭＥ　ＺＥＡ！」と永田はよろこぶ。永田が技を決めるときに白目になるので白目コールが起こる。だからTシャツのロゴは「ＳＨＩＲＯＭＥ　ＺＥＡ」だ。

「Ｌｅｔ'ｓ　ｇｏ！　Ｂａｋａｙａｒｏ！」と小島もTシャツのロゴの文字を読み、

満足そうにしている。

「あー、重い」

ガラガラと戸が開き、坂東が帰ってきた。

坂東は妙な柄のエコバックを持っているが、中身はパンパンに膨らんでいる。その荷物を置くと、坂東はなぜか「おかえり！」と挨拶する。

「ただいまだろ」と明石はすかさずツッコんだ。そこへ「あ、注文いいですか？」と永田と小島が声をかけてくる。「ゼアちゃうぞバカヤロー。もうちょっと待って」と坂東は永田と小島の決めゼリフをミックスして応えると、身支度をはじめた。

「あー、腹減ったぁ」とレスラーたちはお腹がペコペコだ。

「ヒロト、帰ってたんだ」坂東は厨房に入ると、深山の姿を確認した。そして、「いらっしゃい」と新顔の穂乃果に声をかける。

「こんばんは。深山先生のアシスタントになった河野穂乃果です」と穂乃果は自己紹介をした。それに応えて、坂東も「どうも、深山先生の従兄弟の坂東です」と挨拶をした。

だが、「悪い冗談を」と穂乃果はまったく信用する気はなさそうだ。「はい、今回もその反応。従兄弟やめようかな」と坂東は言った。

五年前、深山の同僚だった弁護士、彩乃に従兄弟だと挨拶すると、思いきり噴き出していた。三年前、舞子に挨拶したときは、絶句していた。そして穂乃果には従兄弟だという事実をハナから信用してもらえない。

「あ、そうだ……エプロン借りますね！」穂乃果は坂東に言い、「お手伝いします」と近くにあったエプロンをつけた。

「いまさら？　料理したことあんのかよ？」と明石は冷たい目で穂乃果を見る。

「ないです」そう穂乃果があっけらかんと言ったとき、加奈子が入ってきた。

「おかえり」と言いながら入ってくる加奈子に、坂東は「ただいまだろ」とさっき自分が明石にされたように、加奈子にツッコんだ。だが、明石は「ただいまでもおかしいだろ」とさらに冷静にツッコんでいる。

「いらっしゃいませ！」穂乃果は笑顔で加奈子を出迎えた。

「え！　あんた誰よ？」と加奈子は敵意をむき出しにしてエプロン姿の穂乃果を見た。

「ヒロトのお弟子さん」坂東が説明すると、「ヒロト、どういうことよ？」と加奈子は厨房内の深山に尋ねた。だが深山は加奈子のことは基本的にスルーだ。

「ヒロトが無視する〜」と泣きそうになっている加奈子に、「あの、私、深山師匠のこと、異性としてはまったく興味ないので！」と穂乃果は言った。

「そうなの？」

「はい、まったく！」穂乃果は驚くほどきっぱりと言い切った。

「じゃあ仲良くしてあげる」加奈子はなぜか上から言った。彩乃と舞子のことも、加奈子は何かと敵視していた。だが、彩乃も舞子も深山のことを異性としてはまったく興味を持っていなかった。


いつものように店内の喧騒とは無縁に深山が料理を完成させた。

「アジフライ生春巻き梅スウィートチリソース」と言いながら、深山は皿に盛りつけ、カウンターに置く。

「おいしそう！」穂乃果と加奈子は同時に声を上げ、勝手に食べはじめた。

「君たちの分じゃないんだけど」と深山は呆気に取られているが、この店ではこうやって深山が自分のために調理した料理が誰かに食べられてしまうのも日常の風景だ。

「おいしい！」穂乃果は感激だ。「おいしすぎるよ！　ヒロト！」と加奈子も絶賛している。背後から中塚と永田、小島も箸を伸ばし、みんなでその絶品料理に舌鼓を打った。

みんなに食べられてしまい、深山は首をかしげながら厨房に戻った。

すると、エコバッグを置いて中の野菜を取り出していた坂東が、声をかけてきた。

「八百屋が残り物安くするから買ってくれって言うからさあ、買い過ぎたよ。持ってたエコバックに入らなかったから八百屋で新しいエコバック買ったんだ」

「それ、安くしてもらった意味なくね？」

カウンターにいた明石が言う。

「そうなんだよ！」

だが、二人の会話をじっと聞いていた深山は何かに気付いた様子だ。

そして、自分の分の料理を盛りつけ、手を合わせた。

「いただき益荒雄《ますらお》は元関脇」

＊

翌日、深山は刑事事件専門ルームの前にある廊下で再現実験をすることにした。今日の再現実験の目的は岡部が五〇〇〇万円をもらっていないことを証明するという、あの「悪魔の証明」についてだ。

中塚がイスや机を並べ、深山は並んだモニターを見ながら、さらに細かい位置の調整を指示する。

「明石さん、イス並べるの手伝ってください」

中塚がちょろちょろしている明石に声をかけた。

「明石さんできる？」

深山がおちょくる。

「できます！」

明石が答えたところに、ランニング姿の藤野が現れた。

「戻りました」

「走ってきたの？」

明石は尋ねた。

「俺の前世は飛脚だと思うんだよ」

藤野はふざけたことを言いつつも、ちゃんと仕事をしてきていたのだ。

「戸部子開発から預かってきました。円谷さんに渡した図面と、同じ厚みのものです」

と、深山に分厚い図面の束を渡す。

「円谷さんのバッグにはずっとこれと同じものが入っていた」

深山は円谷が持っていたのと同じクラッチバッグの中に図面を入れて、モニターを見比べて言った。

「厚みは同じに見えるなぁ」

と、そこに、佐田がやってきた。

「何やってるんだ。ヒグマのしょんべん、何か思いついたのか？」

「ベニスの商人」と中塚がダジャレを言うと、深山も「ビルマの証人」とかぶせる。

「それだよ。何か思いついたのかって。悪魔の証明」と佐田は自力で正解にたどり着いていた。

「僕たちは、事件当日、円谷さんのバッグに現金五〇〇万円が入っていなかったことを証明しなくてはいけません」

深山は言った。

「わかってるよ」

せっかちな佐田が先を促す。

「そのためにまずは、円谷さんのバッグに本当に五〇〇万円が入っていたとしたら、カメラにどう映ったか再現してみたいと思ったんです」

「そんなことが証拠になるのか！」

佐田は尋ねた。

「それはやってみないとわからないでしょ」

深山がいつもの飄々とした口調で言ったとき、穂乃果が戻ってきた。

「お待たせしました。同じ封筒と、五〇〇万円。さっき下ろしてきました」

「は？　本物？　現ナマ！」

明石は目を見開いている。以前、佐田から経費の五十万円をキャッシュでもらったときも興奮していた明石だが、今回はその十倍。帯封付きの百万円の束は一センチなので、五センチもある。

「じゃ、バッグに五〇〇万円入れて」

深山は穂乃果に指示をした。

「はい！」

穂乃果は、明石からバッグを受け取ると、片隅に行き、五〇〇万円の入った封筒をバッグに入れようとした。だがなかなか入らない。

「イスの配置が終わったら再現はじめるから」

深山が声をかけた。

「何、もたついてんの？」

相変わらず明石は穂乃果には当たりがキツい。

「すみません、少々お待ちください」

穂乃果は手こずっている。

「たかだかバッグに金も入れられないのかよ！」

明石がヤジを飛ばすように言ったとき、

「……あっ！」

穂乃果が声を上げた。

「『あっ』て、なんだ？　あ？　なんだよ」

佐田が尋ねる。

「『あっ』て、なんだ？　『あっ』て。聞いてんだよ」

明石もまた、佐田と同じようなことを言ってはさらに穂乃果を追い込もうとする。と、穂乃果は振り返った。

「突然の出来事にバックらこいた。ビックらこいた。いかがですか、深山先生。バックらこいた」

穂乃果は期待の目で深山を見た。どうやら何か核心的なことに気付いたらしい。なので明石から学んだ通り、こういうときに深山がいつも繰り出す親父ギャグを真似てみているのだ。

佐田は気付き、思わず笑いそうになる。佐田は親父ギャグに弱く、いつもはこぜりあっている深山とも、親父ギャグが出たときだけは互いにキャッキャと笑いあう。そのときは冷たい風が吹いたかのように、周囲はじっと静かに二人を冷たい目で見る、というのが斑目法律事務所でのよくある風景となっている。

「うるさい。君さ、そういうのやめてもらえる？」

「すいません。出すぎた真似を」

深山は冷めた口調で言いながら穂乃果に近づき、五〇〇万円を取り上げた。

「君はもうおやくごめん」

深山の言葉に佐田が穂乃果をかばう。

「ちょっと、そんなに怒ることないじゃん。頑張ってたよ、かわいそうに」

だが、深山が続ける。

「君はもう、五〇〇、お面」

深山がウヒヒ、と笑いながら言うと、佐田はこらえきれず大爆笑だ。

「五点」

明石は冷たく言い、藤野と中塚もシラッとしているなか、穂乃果はせっせとメモを取っていた。

佐田が噴き出すと、穂乃果もまた林家パー子のように笑いだす。

「怒ってるからびっくりしたじゃん」と佐田は言いながら、再現実験のために用意されていた円谷のお面を指さした。

「円谷さんがつぶらな瞳で笑ってる」

すると、深山たちは一気に冷めた目で佐田を見つめた。

「かかってるじゃん。四分の三、かかってるじゃん」

刑事事件専門ルーム前の廊下には佐田の声が虚しく響きわたっていた。

7

数日後、裁判の日がやってきた。

東京地裁の法廷に入るとき、深山はネクタイを締め直した。

「師匠は入廷の際はネクタイを直す」

穂乃果はノートに書き込んだ。

「君、ネクタイしてないよね?」

深山がツッコんだとき、検察官席の岩城と目が合った。佐田は深山に、傍聴人席に南雲がいることを、目線で伝えた。

裁判がはじまった。

検察側証人の戸部子開発社長・倉持雅夫《くらもちまさお》が証言台に立った。

「倉持雅夫さん、あなたは円谷さんから岡部議員への贈賄があったとされる令和二年七月十二日、この日に誰かこの件の関係者どなたかと会いましたか？」

岩城が尋ねた。

「はい。ヒマカ工業社長の円谷さんが私の事務所へ来られました」

「あー、円谷さん。あなたはその際、円谷さんに何かをお渡しになりました？」

「仕事に必要な図面を渡し、その後お金を貸しました」

「お金」と岩城が相づちを打つと、倉持は「五〇〇万円です」とその金額を述べた。

「その五〇〇万円をお貸しになったのは、間違いありませんか？」

「間違いありません」

倉持はきっぱりと言った。


次は深山による反対尋問だ。

「弁護人の深山から質問します。あなたは先ほど、七月十二日に円谷さんに現金五〇〇万円を貸したとおっしゃいました。ですが、あなたはそれ以前に円谷さんに対して一千万もの多額のお金を貸していますよね？　その返済も待たず、どうしてさらに五〇〇万円ものお金を貸したんですか？」

「私と円谷さんは長いつきあいなんです。困っているときにお互い助け合うのは当然ですし、そんな相手に、何に使う金なのかいちいち問い詰めるなんて野暮な真似、私はしません」

倉持はまるで決められていたセリフを言うように、スラスラと言った。

「そうですか、あなたが五〇〇万円を貸したとき、円谷さんは受け取ったお金をどうしましたか?」

「どうって……お金は封筒に入れてあったので、そのまま普通に持っていたバッグにしまっていましたよ」

倉持は言った。

*

次に、検察側証人・植木が証言台に立ち、まずは岩城からの質問がいくつかあった。それらはつつがなく終わり、「検察からは以上です」と岩城が席に戻る。

「それでは弁護人、反対尋問をどうぞ」

裁判官に声をかけられ、深山が植木への反対尋問に立った。植木は被告人席の岡部を、遠慮がちな視線でチラリと見た。

「はい、では弁護人の深山から質問させていただきます」

深山は声をかけた。植木はどこかいたたまれないような様子をしている。岡部もまた植木に証言されるのが信じがたいのか、なんともせつなそうな表情を浮かべている。

「証人が岡部議員の秘書として働きはじめたのはいつ頃のことですか？」

深山は尋ねた。

「二年前の市議会議員選挙で、先生が初めて当選されたすぐ後からです」

「あなたは岡部議員がまだ政治家になる前から、熱心に支援していたそうですね」

「ええ。先生はすべて市民のため、良い政治をして市を変えていきたいのだとおっしゃっていました。その誠実さと熱意に私は胸を打たれたんです。なので、先生が当選された後、秘書として雇っていただけたときは本当にうれしくて……」

植木が語るのを、岡部はじっと聞いている。

「あなたが令和二年七月十二日に岡部議員の事務所で見た、岡部議員の行動についてお聞かせください。岡部議員は円谷さんからどのようにお金を受け取っていましたか？」

「先生はお金の入った封筒を受け取った後、私の視線に気が付くと慌てて上着のポケットにしまっていました」

「どこにあった上着にしまったんですか？」

「コート掛けにかけてあった上着です」

植木は以前、深山たちが聞いたときと同じように証言した。

＊

「では円谷さん、証言台のほうへ来てください」

裁判官が、検察側証人・円谷に声をかけた。円谷は検察官に促され、証言台の前に立った。

「岡部先生、お久しぶりです。ご迷惑をおかけし、本当に申し訳ありません」

円谷は被告人席の岡部に申し訳なさそうに頭を下げた。

「あなたね」

岡部は思わず立ち上がった。

「被告人は座りなさい。証人は勝手に発言しないように」

裁判官に注意され、岡部は腰を下ろした。

そして尋問がはじまったが、円谷は終始、岡部のほうを気にしながら証言した。

「いや、渡したって言いますかね、私が一方的に押し付けただけなんです。先生は『こんなもの受け取れない』とおっしゃったんですが、私は、『先生、受け取ってくれなきゃ私死にますよ、死にますよ……』」

円谷は芝居がかった口調で言った。

「証人！」

岩城は前に出た。

「恩義のある被告人をかばいたいというあなたのお気持ちはじゅーぶんよくわかりますが、あなた今宣誓されたんですから、ここで嘘をついたら偽証罪に問われることになりますよ」

岩城が言うと、

「え？　そうなんですか」

円谷は大げさに驚いている。

「……臭い芝居しやがって」

弁護人席の佐田は円谷を睨みつけ、つぶやいた。

「そのあたりを考慮して、では、改めてお願いします」

岩城は言った。

「立っていいですか？」

円谷は立ち上がり、言いたくないのだけれど……とでもいうように、口を開いた。

「私が封筒をこう差し出すと、先生はすっと受け取って、秘書の方に見つからないよう上着のポケットに」

そして、身振り手振りでやって見せる。

「その上着はどこにありましたか？」

岩城は尋ねた。

「机の脇のコート掛けにかけてありました」

「くそ！」

佐田は思わず声を上げた。

「口裏合わせてきましたね」

穂乃果も悔しそうにつぶやいたが、深山は笑っていた。

「私が全部いけないいんです。こんなことで先生にご迷惑をかけるなんて……本当に申し訳ありません」

円谷は泣き出した。その様子を見ていた岡部は、思わず立ち上がった。

「被告人、座りなさい。座りなさい」

裁判官に言われ、岡部は何かを言いかけていたが、あきらめて口をつぐみ、腰を下ろした。佐田は呆れてため息をついた。深山が岩城を見ると、チラリと傍聴席に視線を送っている。だが南雲は表情一つ変えずに座っていた。

「Ｃｏｏｌ《クール》　ｄｏｗｎ《ダウン》！　穂乃果。Ｃｏｏｌ《クール》　ｄｏｗｎ《ダウン》」

穂乃果はなんとかこの状況を打破しようと、気合いを入れていたが、少し冷静になろうとしていた。なぜなら、次に反対尋問に立つのは、穂乃果だからだ。

「法廷という空間を支配するのは裁判官だ。裁判官にアピールすることだ。裁判官を制する者は世界を制する。行ってこい」

佐田は弁護士の先輩として、法廷デビューに挑む穂乃果を送りだす。

「任せてください。私のＩＣチップは一二〇％、無実を導き出すでしょう」

張り切って出ていこうとしたそばから、穂乃果は段差につまずいている。

「大丈夫か」

佐田は表情を曇らせた。

＊

穂乃果はふっと大きく息を吐き、円谷と向き合った。

「証人にお聞きします。岡部議員は五〇〇〇万円の入った封筒を受け取った後、どうしましたか？」

「立ち上がって……」

円谷は説明をしかけ、またもや「立っていいですか」と許可を求めてから立ち上がった。そしてまた身ぶり手ぶりを交えて説明しはじめた。

「そばにかけてあった上着のポケットにしまいました。あの日はとても暑かったもんで、岡部先生、上着を脱いでいたんですよ」

と、得意げに、岡部は上着を脱いでコート掛けにかけていたと強調した。

「では、七月十二日、事件当日の証人の動きについて質問します。あなたは朝、家を出た後、一度、戸部子開発に立ち寄り、その後で岡部議員の部屋へ行っていますよね。なんのためでしょうか」

「仕事に必要な図面を受け取りに行ったんです。それから岡部先生にお渡しするための五〇〇万円も用立ててもらいました。戸部子開発さんにはまだ返済していない借金もあるんですが、いやあ、あそこの倉持社長は本当に良い方で……」

「証人は、聞かれたことだけ答えていただければ結構です」

裁判長が円谷を制した。

「あ、すみません」

「ということは、あなたのバッグには五〇〇万円の入った封筒の他に、戸部子開発から受け取った図面がずっと入っていたということになりますね」

「はい」

「裁判長。供述明確化のために、弁護人請求証拠第十八号証の防犯カメラの映像を流してもよろしいですか?」

「どうぞ」

裁判長が許可をしたので、穂乃果は「お願いします」と弁護側に映像の開始を求めた。だが、佐田がノートパソコンを開いたが、操作がわからず戸惑っている。

「このおじさん、役立たないからね」

深山は言った。佐田はアナログ人間で、以前、佐田がスマホで話すときに刑事事件専門ルームのメンバーにも聞こえるようスピーカーにしてほしいと言われたときも、できなかった。

「どいてください」

穂乃果はノートパソコンを自席に移動し、操作した。モニターは二つの画面に分割され、岡部議員の部屋に入る前と、出ていくときの円谷の映像が映し出された。

「この映像を見てください。画面の左側は証人が岡部議員の部屋に入る前、右側は出ていくとき。ということは左側に映っているバッグには図面以外と五〇〇万円の入った封筒が入っており、右側に映っているバッグには図面のみが入っていたことになります。

厚みはあまり変わっていないように見えるんですが」

　穂乃果が言うと、岩城が立ち上がった。

「裁判長、異議を申し立てます。弁護人は証人に意見を求めています。しかもこの角度ではバッグの厚みもわからない。輪郭もぼやけていますしね」

「弁護人、ご意見は」

　裁判長は穂乃果に尋ねた。

「裁判所の判断に委ねます」

「異議を認めます。弁護人は質問を替えてください」

　そこで、穂乃果は証拠品を数点見せながら、裁判官に語りかける。

「裁判長。証拠調べ請求書の通り、こちらに証人が当時使用していたものと同型のバッグ、さらに戸部子開発が当時証人に渡したものとまったく同じ図面があります。また、当時の状況を再現するため現金五〇〇万円を用意しました。これらを使用して裁判所による検証をこの場で実施していただき、バッグの中に図面と五〇〇万円が入っていたら本来はどう映ったのか、映像と比べてみたいと思うのですが、お願いしてもよろしいでしょうか」

　裁判長はしばらく検討していたが、

「わかりました。では検証としての再現実験を行うことにします。検察官もよろしいですか」

と、岩城を見た。

「裁判所の判断にお任せします」

岩城が言ったので、穂乃果は証拠品を持ち、円谷の前へ移動した。

「証人。事件があったとされた日と同じように、そのバッグに図面と五〇〇万円の入った封筒を入れていただけますか」

裁判長が言う。

「お安い御用で」

円谷はまず図面をバッグに入れた。次に五〇〇万円の入った封筒を入れようとしたが、なかなか入らず、手間取った。その様子を見て岩城は顔をしかめた。

「はい。入れました」

円谷はどうにか五〇〇万円をバッグに押し込んだ。そこで穂乃果が追及する。

「チャックが開いたままですが。閉めてなかったんですか？」

「ああ！　そうでしたそうでした。チャックはね、ちゃんと閉めたんですよ」

そう言って円谷はチャックを閉めようとしたが、閉まらない。その様子を見ていた岩城の眉間のシワはさらに深くなった。傍聴人席の南雲は無表情を貫きながら、見守っている。

「円谷さん、無理しないで。いつも通りに。もっとゆっくり」

岩城は声をかけた。

「ゆっくり……はい！」

しかし、無理やり閉めたためにチャックが壊れ、中身の札束は露出してしまった。岩城はそれを見て唖然《あぜん》としている。

「This《ディス》 is《イズ》 the《ザ》 fact《ファクト》！　私には、入らないことはわかっていました」

穂乃果は勝ち誇ったように言った。

再現実験を行った日――。穂乃果と深山たちが親父ギャグの応酬をした後、何度も実験したが、あのときもチャックが壊れてしまい、中身の札束が露出した。五〇〇万円を入れることは不可能だったのだ。

壊れたバッグを前に、円谷は、はた目にもわかるぐらい平常心を失っている。

「証人。あなたが倉持社長からお金を受け取ったというのは後付けで作られた筋書きであり、そもそも岡部議員に渡したとされる五〇〇万円ははじめから存在していなかったのではありませんか？　さあ、本当のことを……ビシッ！　話すんデス！」

穂乃果は得意げな表情で手のひらを上にして人さし指と中指を二本立てて突き出し、円谷を指さした。

「やめなさい。漫画の引用は」

弁護人席の佐田は頭を抱えた。

「ちょっと待ってください！　同じ型のバッグというだけで強度は個体差があります。そんな簡易的なもの一回やっただけで……一回の実験で結論づけるのは無理がある」

岩城は動揺し、訴えた。

「落ち着きなさい、検察官」

裁判長が注意を与えた。

＊

裁判後、心細くなった岩城は、東京地裁の一角でこっそり南雲に電話をかけてきた。

「弁護側は、我々の間で取引があったことに気付いているんじゃないか？　バッグの件はなんとか言い逃れたが、あんなの苦し紛れだ。裁判官の心証は極めて悪い。このままじゃまずいぞ、南雲くん」

岩城の言葉を聞き、南雲は黙って考えていた。

「南雲くん！　聞いてるのか？」

「……大丈夫ですよ。こちらにはとっておきの切り札があるじゃないですか」

南雲は口角をわずかに上げ、ニヤリと笑った。

＊

数日後――。

東京地裁の法廷では岡部への被告人質問が行われ、岩城が質問に立った。

「岡部康行さん、あなたは清廉潔白を売りにするたいへん有能な政治家だそうですね。市民たちの期待も高い。だが、本当にそうでしょうか」

質問の意図がわからず、岡部は首をかしげた。

「あなたは今まで民間業者から賄賂や便宜を受け取ったことは一度もありませんか」

「もちろんです」

岡部は自信をもって答えた。

「裁判長。ここで記憶喚起を促すために、こちらの書面を示して尋問したいのですがよろしいでしょうか」

岩城は一枚の紙を書記官に差し出した。

「一度拝見しましょう」

裁判長は言い、書記官経由でそのコピーを受け取った。深山も受け取り、確認した。

「ちょっと待ってください。証拠請求もしていないし、文書の出所も真偽もまったく不明です。こちらで改めて検証するまで尋問で使用することは控えていただきたいんですけど」

佐田は申し出た。

「検察官。弁護人に事前に閲覧させなかったのはなぜですか」

裁判長は岩城に尋ねた。

「事前に閲覧の機会を設けられなかったことはたいへん失礼しました。深くお詫びいたします」

岩城は頭を下げた。

「ですが、この証拠はつい先ほど捜査の過程で見つかったばかりのもので、かつ、今回の公訴事実の裏付けとなり得るたいへん重要な証拠なんです。ぜひとも今、尋問で使用させていただきたいのですが」

岩城に言われ、裁判長はしばし検討した。

「弁護人。裁判所としては認めようと思いますが、いかがですか。証拠の真偽や証拠力については、後の証拠調べの際に改めて検証できますので」

「……裁判所がそうおっしゃるなら、構いません」

佐田は渋々認めた。

「これは被告人から戸部子開発の倉持社長へ出されたお礼の手紙です。ご覧いただければわかる通り、この中で被告人は倉持社長に対し、金銭をもらったことへの感謝を述べています」

「え……？」

岡部は思わず声を上げた。

岩城が証拠として示した書面は、岡部が倉持に出した礼状で、手紙の最後にお礼の言葉が書かれている。

佐田は憮然とし、穂乃果は信じられない、といった表情を浮かべていた。深山は眉をはねあげ、法廷内の状況を見ていた。

「あなたはこのように円谷さんだけでなく、普段から複数の業者にさまざまな要求をなさっていたのではないですか？」

岩城の追求に、法廷内はざわめいた。

「馬鹿な……そんな手紙、見たこともありません！」

岡部は訴えた。

「いやいや」

岩城は手紙の末尾を示した。そこには『岡部康行』の署名がある。

「これはあなたの署名ですよね、しかも直筆の」

岩城は問いかけたが、岡部は驚くばかりだ。

「裁判長、よろしいでしょうか！」

佐田はたまらず立ち上がった。

「そんなものが倉持社長から出てきたということは、彼は岡部議員に金を贈ったことがあると認めたということだ。彼は贈賄罪に問われることを覚悟した上でその手紙を出したんですか」

「そうなんじゃないですか。彼にも一抹の正義感があったということでしょう」

岩城はシレッと言う。

「だったら倉持社長を贈賄で起訴すべきだ。あんたたちは倉持社長や戸部子開発を起訴しない代わりに手紙を提出させたのか。だとすればこれは違法な取引だ！」

「起訴するかどうかを決めるのは我々検察です。違法性などどこにもありません」

「検察なら……！」

あまりの言い分に佐田は呆れ果てて、反論をしようとしたが、「検察官。弁護人。双方静粛に」と裁判長に注意され、発言を止められた。そして裁判長は佐田に尋ねた。

「弁護人は反対尋問を行いますか？」

「……いま出された新たな証拠について精査したいので、反対尋問は後日への延期をお願いします」

佐田は絞り出すように言った。

「検察官、よろしいですか」

「はいはい、構いません」

岩城は余裕の笑みを浮かべている。一方、佐田は悔しさを隠そうともせずに弁護人席に座った。

「なんだその友だちみたいな！　ここは法廷だぞ……くそ！」

佐田は岩城の「はいはい」という言い方に腹を立てて、小声で吐き捨てるように言った。

穂乃果は心配になり、深山を見た。深山は傍聴席の南雲を見ていた。そして、南雲はまったく表情を変えることなく、一点を見つめていた。

8

「お待たせしました」

刑事事件専門ルームのホワイトボードに、手紙を写真撮影して印刷されたものを貼っていた中塚が、振り返った。

「金を受け取った礼の言葉に、直筆のサイン……こんなものが出てきてはとても言い訳できないぞ、みんなぁ」

佐田はホワイトボードを苦々しい表情で睨みつけた。穂乃果の提示した「五〇〇万円が円谷のバッグには入らない」という証拠で圧倒的有利に立ったと思われた状況から、まさかの検察側から新証拠の登場――。この形勢が逆転しかねない重大局面に、メンバー一同、打開策を模索している。

「う～ん……」

穂乃果は貼り付けられた手紙などをじっと観察した。深山は少し離れた場所で、飴を舐めながら見ていた。

「岡部議員が倉持さんからお金を受け取ったとしても、それは円谷さんから受け取った証拠にならないですよね」

そう言う穂乃果の疑問に対し、明石が考えを披露した。

「だから検察としては、岡部議員が過去に一度でも賄賂を受け取った経験がある以上、今回もらってないと言っても信用性がないっていう理屈なんじゃないかな。なあ深山」

明石は深山を見たが、深山は答えない。

「いずれにしろ収賄罪で起訴されたら、こっちの負けです……」

藤野が言うが、これは現在の円谷からの収賄疑惑の件ではなく、もしも新たに倉持からの件で検察が立件したら、という意味だ。

「……どうして今なんだろうね」

さっきから黙っていた深山がつぶやいた。

「え?」

中塚が問い返し、みんなも深山に注目した。

「どうして今になって、検察はこの手紙を出してきたんだろう」

深山はその点が気になっていた。

「最近になって出てきたものだと言ってたろ」

佐田は言った。

「本当にそうですかね。こんな重要な手紙、捜査の過程で見落とすなんて考えられない。もしかしたら、検察はこの手紙を証拠として出したくなかったのかもしれない」

「出したくなかった？　それは出したくない理由があると言うことか」

深山の推理に応え、佐田もその線で考えはじめた。

「あれ？　誰か定規ください」

手紙を見ていた深山が、何かに気付き声を上げた。

「……ああ。これ、おかしいですね？」

じっと観察していた穂乃果も気付いた。

「……ん？　何がだよ？」

老眼の佐田は目を細めて近づいたが、わからない。

「ここですよ」

穂乃果が指をさした。

それからはみんなで手分けをして、岡部が出した手紙のデータをプリントアウトし、コピーを部屋中に貼りつけた。深山はそれを一枚一枚、片っ端からチェックしはじめた。

「一通残らずプリントアウトしろよ!」

　佐田が声を上げた。

「これ全部、岡部議員が今までに書いた手紙かよ!」

　明石は驚きを隠せずにいた。

「マメな方なんですよ。クラウドにデータで残っていてよかったです」

　穂乃果が言うように、データを借りてきたのだ。

「本当にこの中にあるんですかね?」

　中塚は半信半疑だが、

「とにかく探そう」

　藤野は言った。徹底的に検証する深山のやり方に最初は戸惑っていたが、このやり方で数々の事実にたどり着いてきた深山に、藤野はとても信頼を寄せている。自分の家族に何かあったときは深山に頼みたいと思っているのだ。

「あった!」

　深山は声を上げた。

「え、あったか?」

佐田が声をかけたが、深山は答えない。

「おい、『あったのか』って聞いてんだよ、おい、深山」

すると深山がコピーを手にくるりと振り返った。

「やっと僕の名前、呼んでくレター」

「五点」と明石はすぐに採点した。

「僕の名前……忘レターのかと思ったよ」

「俺の大好物のジョーク言ってくレター。きた！　三連発」と佐田のみが大爆笑しているところに深山が言う。

「これ、お礼状ですから」

「同じようにかかってんじゃん」

そう指摘する佐田に、深山は不気味に近づいた。

「お礼状書いたことない、俺、異常！」

深山はさらに連発する。

「俺、いいジョーク言えるねえ」

佐田も「お礼状」にかけた親父ギャグを披露して笑いが止まらなかったが、一同はまったく意味がわからなかった。「かかってるじゃん」と言う佐田の声がまた虚しく響く。

だが、また深山が何か決定的な事実を見つけたのだろう、ということだけは、数々の事件を共にしてきたメンバーたちにはわかっていた。

＊

そして、裁判の日がやってきた。

この日は裁判用語で『対質』と呼ばれる尋問が行われることになっていた。被告人と証人、または二人以上を同席させ、同時に尋問を行う。被告人、証人などの供述に食い違いがあり、どちらが信用できるか判断に迷う場合に効果的な尋問方法だ。

ということで証言台には、岡部と植木が並んで立っている。岡部の秘書である植木は実に居心地が悪そうだ。

「今回、弁護人から双方同時にお話を聞きたいとの申し出がありました。裁判所としても、その必要性を認め、このような形となりました。それでは弁護人、どうぞ」

「それでは弁護人深山から質問させていただきます。まずは供述明確化のため、検察官請求証拠甲四十二号証を示しながら被告人にお聞きします。岡部議員は検察が証拠として出したこの手紙を見たことがありますか」

深山は岡部の署名が入った証拠の手紙を見せながら尋ねた。

「ありません」

岡部は答えた。

「では、証人は見たことがありますか？」

「いいえ、私もありません」

植木も答える。

「お二人が見たこともないものが、なぜここに存在するのでしょうか？」

深山が尋ねると、岡部も植木も、黙り込んだ。

「実はこの手紙、ちょっと不自然な点があるんです」

深山は切り出した。

「手紙のこの部分をご覧ください。『今後とも宜しくお願い致します』という文章の後に、お金を受け取ったことへのお礼が書かれています」

「ええ……」

岡部はうなずき、手紙をよく見た。

「おかしくありませんか？　普通、『今後とも宜しくお願い致します』というのは、手紙の最後に書かれるべき文章です。その後に本題が続くなんてこと、ちょっと考えづらいです」

「ビシ!」

弁護人席の穂乃果は、自分の思いものせるように、深山たちを指さした。

そう、先日、刑事事件専門ルームで壁に貼り出した手紙を見ていたとき、深山と穂乃果が注目したのは、今、まさに深山が問題にしている手紙の『今後とも宜しくお願い致します』とその後の文章の部分だったのだ。

「さらにこの手紙、よく見てみると、『今後とも宜しくお願い致します』の後の文章は、微妙に文字がずれて印刷されているんです」

深山は手紙の上に、マス目状のアクリル板を置いた。

「均等に線が引かれている方眼シートを使って確認するとよくわかります。このように最後の一文だけ、行間隔がつまっています」

確かにこうして見ると、違和感のある手紙だと感じるようになる。

「つまり、この手紙はもともと、『今後とも宜しくお願い致します』までで完結していたのではないでしょうか。それを誰かが、『今後とも宜しくお願い致します』の文章と岡部議員の署名の間の空白に、お金を受け取ったことへのお礼を後からつけ加えたのではないでしょうか」

深山が言い終えるとすぐに、岩城が口を開いた。

「異議あり。弁護人の発言は単なる憶測にすぎません」

「弁護人、主旨を明確にして質問してください」

裁判長は深山に言った。

そのとき、傍聴席にじっと座っている南雲は、目の前で起きている尋問合戦にまるで興味がないかのように、いつもと同じ無表情で法廷を見つめていた。

「わかりました。では被告人、この手紙が『今後とも宜しくお願い致します』までで完結したものだったとしたら、この文章に見覚えはありますか？」

「えぇっと……」

岡部は記憶をたどりながら、しばらく手紙を見ていた。

「あ！」

「覚えがあるんですか？」

深山は岡部に尋ねた。

「はい。これは私が初めて市議会議員選挙で当選したときに、以前から運動を支援してくださった方々に出した手紙です」

「それはどなたに宛てた手紙か覚えていますか？」

「同じような手紙をたくさんの方に出したので、この手紙がその中のどなた宛てだったかまでは……」

「そうですか……あれ？」

深山はわざとらしく、手紙を二度見した。そして重ねてわざとらしく笑って言った。

「あなたはこの手紙の中で、政治家としてはとても恥ずかしい字の誤りをしていますね」

「え？」

岡部は驚きの表情を浮かべた。

「ここです。『あついご支援』の『あつい』の字が、手厚いの『厚い』ではなく、熱い冷たいの『熱い』になってしまってますね」

深山が言うように、手紙の文章は『この度は特別な熱いご支援ご協力をいただき』となっている。

岡部はしばらくその部分を見ていたが、思い出したようだ。

「ああ、それは誤りではありません。初当選時、特別熱心に応援してくれた方がいて……私はその方に向けてあえて熱心の『熱い』の文字を使ったんです。よく覚えています」

話しているうちに確信に変わったようで、最後はきっぱりと言った。

「その特別熱心に応援してくれた方は何人いらっしゃったんですか？」

深山は尋ねた。

「……一人です」

岡部はためらいがちに答えた。

「それはどなたですか？」

深山が尋ねたが、岡部は黙っている。

「あなたがお答えにならないのであれば、私が言いますよ。それは植木さん、あなたですよね」

深山に言われた植木は、しかし無言でうつむいている。

「なんの根拠で言っているんですか。証拠はあるんですか？」

岩城が口をはさんできた。

「証拠はあります。裁判長。証人の記憶喚起のため、弁護人請求証拠第三十八号証を示します」

深山は言った。

「どうぞ」

裁判長がうなずいたので、深山は一枚目の証拠を法廷にあるモニターに表示した。

「これは岡部議員が当時の手紙を保存していたデータをまとめた資料です。この中には、先ほどの手紙のデータもありました。それがこちらです」

続いて、深山は二枚目を見せた。

「手紙の二行目をご覧ください。先ほど、岡部議員がおっしゃったように『熱い冷たい』の『熱い』の字が使われています。さらに、この手紙の文末をご覧ください。『今後とも宜しくお願い致します』の後には文も署名もありません」

「そんなの被告人の記憶違いなだけで、複数の人に送ったかもしれないじゃないか？」

岩城に反論されたので、深山はそちらに振り返った。

「岡部議員が送った手紙はのべ四三〇五通ありました。私たちはそのすべてを見ました。その中で、この文章の手紙は一つだけです。そしてこのデータには続きがあります」

深山がそう言うと、モニター画面の証拠画像がスクロールされて三枚目が見えてきた。

「宛先を書いた部分を見ると、この手紙が植木さんに宛てたものであるとわかります」

佐田と穂乃果はデータを操作し、植木に見せた。そこには植木の名前が残っていた。

「つまり、これこそ植木さんが偽装したことを示す決定的な証拠です」

深山が言うと、さすがに岩城も黙り込んだ。

「今回の事件は、岡部議員がやっていないことを証明する、いわば『悪魔の証明』をしなくてはなりませんでした。それを証明することは不可能に近い」

そう言うと、深山は岩城のほうを向き、話を続ける。

「検察がこの手紙を出してくれたおかげで、岡部議員がやってないことを示す確固たる証拠となり、悪魔の証明が可能になりました。ありがとうございました。『今後とも宜しくお願い致します』」

深山は岩城にむかい、精一杯の皮肉をこめて決定的証拠となった手紙の一節を言い終える。そして、今度は植木を見た。

「さあ、植木さん。本当のことをおっしゃいませんか？」

深山が促すと、植木はがっくりとうなだれた。

「……先生、申し訳ありませんでした」

植木が謝罪したことに、岩城は顔を歪ませた。

「母の手術費のために、一度だけ先生のお名前で戸部子開発からお金を受け取ってしまったんです。そのとき、先生からいただいた手紙に文章を書き足してお礼状に……本当に私、なんてことを……！」

植木はその場に泣き崩れてしまった。その様子を法廷内で見ていた岩城は、救いを求めるように傍聴席を振り向いた。だが、その視線の先に、もう南雲の姿はなかった。

岡部は愕然と、泣く植木を見ていた。

「だから言ったんだ、政治家をはめるのは危険だって。人の人生を……」

岩城はぶつぶつとつぶやいていた。

＊

こうして、この日の『対質』は終了し、佐田は、東京地裁の階段を下りていく南雲を呼び止めた。

「南雲センセ。今回の件、すべてあなたの差し金ですよね」

南雲は立ち止まり、ゆっくりと振り返った。だが、佐田の問いには答えない。

「あんたは植木さんが戸部子開発から金を受け取ったことに気付き、脅して嘘の証言を強要した。彼女はあなたの名前こそは出さなかったが、今日のやり取りを受けて、あの検事もいずれ自白するはずです。どうケジメをつけるおつもりですか？」

佐田は、言葉こそ丁寧だが、威圧的に南雲を見つめた。

「私は依頼人の利益を最大限守ろうとしただけですよ」

南雲は口を開くと、淡々と言った。

「まだそんな屁理屈を言うんですか」

と、そこに、深山と穂乃果がやってきた。深山と南雲はお互いを意識し、無言で、視線を合わせた。

「さっきの法廷で潔く認める手もあったのにな。いずれにしても、あんたは弁護士としてもう終わりだ」

佐田は南雲に言った。

「……さあ。それはどうでしょうね」

南雲は佐田を小バカにしたように笑い、そのまま背中を向け、階段を下りていってしまった。

「おい！　どういう意味だ。南雲センセ！」

「逃げられちゃいましたね」

深山はニヤニヤしながら、佐田に声をかけた。

「うるさい！」

佐田が怒鳴ったところに、スマホが鳴った。

「どうした落合？　なに!?　若月会長が？」

電話に出た佐田は顔色を変えた。そして電話を切り、穂乃果を見た。

「おじいさまが事務所に来てるそうだ。すぐに帰るぞ！」

「はい！」

穂乃果は佐田に返事をし、

「お先に失礼します！」

深山に挨拶をして、佐田と共に走っていった。深山といえば、南雲が去った廊下を見送っていた。

＊

岡部に判決が下される日がやってきた――。

「それでは、被告人は証言台の前に立ってください」

裁判長に言われ、岡部は証言台に立った。

「被告人・岡部康行に対する加重収賄被告事件について、次の通り判決を言い渡します。主文、被告人は無罪――」

裁判長の判決を聞き、岡部は安堵して弁護人席の深山を見た。その表情には感謝の念があふれている。

「次に判決の理由を述べます。本件の公訴事実は次の通りです。被告人は令和二年七月十二日午後三時ごろ、被告人の事務所にてヒマカ工業株式会社社長・円谷耕三から市街化調整区域での建設について便宜を図るように請託され、その見返りに賄賂として五〇

○万円を受け取り……」

裁判官の話は続いていた。

＊

無事に岡部の無罪判決を勝ち取り、深山たちは斑目法律事務所に戻っていた。今、マネージングパートナー室には、この部屋に飾られているさまざまなものの持ち主であり、そしてこの斑目法律事務所の長となって初めての刑事事件を無事に勝利した佐田と、深山、穂乃果の三人がいる。

「結局、南雲には逃げられたな。賄賂の受け渡しがなかったと明らかになれば、やつが裏で動いていたことも暴かれると思ったんだが……」

佐田は無念そうだ。

「南雲先生は何か検察と取引をしたんでしょうか」

穂乃果は佐田に尋ねた。

「あ～、おそらくな。天下の検察が、いち弁護士の手のひらの上で踊らされて、違法な取引をしました、証人をでっち上げましたなどと言えるはずがない。検察の面子の問題だな」

「だから南雲先生の存在は隠して、すべて岩城検事が主導して動いたことにした」

穂乃果は言った。

「表向きは、これ以上控訴する物証がなくなったと言って負けを認めた。本音の部分じゃ、岩城ひとりの責任で逃げ切れて万々歳だ……」

そこまで言って、佐田は、言葉を呑みこんだ。

「だが、南雲はこうなることまで見越してたって言うのか？」

佐田は首をかしげていたが、深山は黙っていた。

＊

その頃、南雲は自宅兼事務所で新しい依頼人たちと会っていた。

「旦那さんが亡くなったことによる精神的苦痛や、旦那さんの逸失利益について、損害賠償の請求が可能です」

南雲は依頼人、二人に言った。

「本当ですか？　これで弟の無念を少しでも晴らすことができる」

「先生！　東野《ひがしの》は帰ってきませんが、お金だけでも……」

亡くなった東野の兄と妻は、すがるような目で南雲を見ている。

「ただし、刑事裁判のほうで無罪判決が出てしまうと、こちらの裁判に悪影響が出る可能性があります。なので、確実に有罪にするための証拠、証言が必要です」

南雲は冷徹な表情で言い、何か東野から聞いていなかったかと、二人に詳しく話を聞いた――。

*

深山と穂乃果は、斑目法律事務所の廊下を歩いていた。

「おい、深山、おい！」

佐田が慌てて追いかけてくる。

「師匠、呼んでますよ」

穂乃果は、知らんぷりをして歩いている深山に声をかけた。

「待て深山！　忘れるところだった」

「娘さんの誕生日ですか？」

深山は振り返って尋ねた。

「違う、よく知っているな」

佐田は否定しながら、右手を差し出した。

「いつものやつ、やっておくぞ」

「なんですか、いつものって？」

穂乃果は佐田と深山の顔を見て尋ねる。

「裁判で勝ったら握手しなきゃ気が済まないんだって。変な習慣でしょ？」

深山は言った。

「口が減らないやつだな。早く出せ」

「では私も」と、穂乃果も右手を差し出した。

「君はいいんだよ。あくまで民事の弁護士だ。やんなくていい」

佐田は穂乃果の握手は断った。

「お言葉ですが、佐田所長も民事の弁護士ですよね」

穂乃果が言ったとき、スマホが鳴った。

「はい……わかりました。すぐに行きます」

穂乃果は電話を切り、佐田に「ほら、早く手出せよ」と言われている深山に向かってこう言った。

「依頼人の方がお見えだそうです」

「変な依頼、勝手に引き受けるんじゃないぞ。刑事事件専門ルームなんていつでも潰せるんだからな」

佐田は深山に警告した。

「それは困る」

深山は言い、穂乃果を見て言った。

「絶対に守ってほしい八ヶ条の五」

「はい！　刑事事件専門ルームが潰されたときは潔く私もここを辞めます」

「待て待て、仕方ない。いってらっしゃい」

佐田は二人に声をかけた。

「行ってきます」

穂乃果は張り切って応えた。

「それじゃあ」

深山が歩きだすと、穂乃果が後を追った。

「変な案件だったら受けるんじゃないぞ！」

さらに念を押しながら、佐田は二人の背中を見送った。

その顔には、笑みが浮かんでいた。

深山と穂乃果は、廊下を颯爽と歩いていた——。

Cast

深山大翔《みやまひろと》 …… 松本潤
佐田篤弘《さだあつひろ》 …… 香川照之
河野穂乃果《こうのほのか》 …… 杉咲花

明石達也《あかしたつや》 …… 片桐仁
藤野宏樹《ふじのひろき》 …… マギー
中塚美麗《なかつかみれい》 …… 馬場園梓
落合陽平《おちあいようへい》 …… 馬場徹
佐田由紀子《さだゆきこ》 …… 映美くらら
坂東健太《ばんどうけんた》 …… 池田貴史
加奈子《かなこ》 …… 岸井ゆきの
佐田《さだ》かすみ …… 畑芽育

南雲恭平《なぐもきょうへい》 …… 西島秀俊
南雲《なぐも》エリ …… 蒔田彩珠

志賀誠《しがまこと》 …… 藤本隆宏
戸川奈津子《とがわなつこ》 …… 渡辺真起子
若月昭三《わかつきしょうぞう》 …… 石橋蓮司
斑目春彦《まだらめはるひこ》 …… 岸部一徳

TV STAFF

脚本 …………………… 三浦駿斗

トリック監修 ……… 蒔田光治

音楽 …………………… 井筒昭雄

企画 …………………… 瀬戸口克陽

プロデュース ……… 東仲恵吾

演出 …………………… 木村☺ひさし

製作著作 …………… TBS

BOOK STAFF

脚本 …………………… 三浦駿斗

ノベライズ …………… 百瀬しのぶ

ブックデザイン ……… 市川晶子（扶桑社）

DTP …………………… Office SASAI

企画協力 …………… 塚田恵
（TBSテレビメディアビジネス局
マーチャンダイジングセンター）

『99.9』―刑事専門弁護士―
完全新作SP 新たな出会い篇

発行日　2022年1月20日　初版第1刷発行

脚　　本　三浦駿斗
ノベライズ　百瀬しのぶ

発 行 者　久保田榮一
発 行 所　株式会社 扶桑社
〒105-8070 東京都港区芝浦1-1-1 浜松町ビルディング
電話 (03)6368-8870(編集)
(03)6368-8891(郵便室)
www.fusosha.co.jp

企画協力　株式会社TBSテレビ

印刷・製本　中央精版印刷株式会社

ISBN978-4-594-09010-4